학산문화사

귀멸의 칼날
한쪽 날개의 나비

고토게 코요하루
야찌마 아야

토키토 무이치로

귀살대의 '하주(霞柱)'.
'시작의 호흡'인
해의 호흡 사용자의
자손.

토미오카 기유

귀살대의 '수주(水柱)'.
탄지로를 귀살대로
이끈 이후로
그를 신경 쓴다.

히메지마 교메이

귀살대의 '암주(岩柱)'.
항상 염주를 손에 들고
합장한 채
염불을 외우고 다닌다.

렌고쿠 쿄쥬로

귀살대의 '염주(炎柱)'.
'화염의 호흡'으로
도깨비를 섬멸한다.

이구로 오바나이

귀살대의 '사주(蛇柱)'.
항상 뱀과 함께 다니는
베일에 싸인 검사.

칸로지 미츠리

귀살대의 '연주(戀柱)'.
백년해로할
남성을 찾기 위해
귀살대에 들어간다.

시나즈가와 겐야

탄지로의 동기.
형은 '풍주(風柱)' 사네미.
도공 마을에서
탄지로와 재회한다.

시나즈가와 사네미

귀살대의 '풍주(風柱)'.
겐야의 친형이지만
본인은 부정한다.

우즈이 테겐

귀살대의 '음주(音柱)'.
화려한 것을 좋아하는
전직 닌자 검사.

인물 소개

카마도 네즈코

탄지로의 누이동생. 도깨비에게 공격당해 도깨비가 되었다.

카마도 탄지로

누이동생을 구하고 가족의 복수를 목표로 삼은 마음씨 착한 소년.

하시바라 이노스케

탄지로의 동기. 멧돼지 가죽을 뒤집어쓰고 다니고. 매우 호전적.

아가츠마 젠이츠

탄지로의 동기. 평소엔 겁이 많지만 잠들면 본래의 힘을 발휘한다.

코쵸우 카나에

시노부의 언니. 상현 도깨비 도우마와 싸우지만 패배했다.

코쵸우 시노부

귀살대의 '충주(蟲柱)'. 약학에 정통해 있고. 도깨비를 죽이는 독을 만드는 검사.

한쪽 날개의 나비

제 **1** 화
한쪽 날개의 나비

히메지마 교메이는 본래 다정한 남자다.

낡은 절에서 오갈 데 없는 아이들을 키우며, 가난한 살림일지언정 행복하게 지냈다. 자신은 변변히 먹지 못해도 아이들은 밥을 먹이고, 매일매일 몸이 부서져라 일했다.

사람을 때리기는커녕 언성을 높여 아이들을 꾸짖은 적도 없었다.

섬세하고 우직하며, 과할 정도로 심성이 고운 평범한 사내.

그렇다….

그… 악몽 같은 밤이 오기 전까지는….

"나무아미타불."

손도끼와 철퇴가 사슬로 연결된 일륜도로, 도깨비의 머리째

그 목을 격파했다.

히메지마가 달려왔을 때, 실내는 이미 피바다였다.

먼저 살해당한 남녀의 피와 도깨비가 흘린 피가 한데 섞여서 숨이 턱턱 막히는 비린내를 풍겼다.

서서히 쓰러지는 도깨비 너머로 2명의 소녀가 있었다.

아직 나이도 차지 않은 소녀가 더 어린 소녀를 필사적으로 감싸고 있었다.

언니와 동생이리라. 기척이 매우 비슷했다. 둘은 떨면서 울고 있었다.

그 마음을 가득 채운 것은 아마도 '공포'겠지.

구조되고 시간이 조금 지나면 그제야 부모를 잃은 슬픔이 밀려올 것이다.

그리고 사랑하는 자를 불합리하게 빼앗겼다는 증오가 샘솟을 것이다.

그러나 지금 소녀들의 가슴속을 완전히 메운 감정은 순수한 공포였다. 도깨비라는 정체불명의 생물에 대한 압도적인 공포.

'어쩌면 그녀들 눈에는 나 역시 괴물로 비칠지도 모르지….'

사요(沙代)처럼.

일찍이 산처럼 많은 것을 잃고, 상처받고, 목숨을 걸어 지켜
낸 소녀는 나중에 달려온 어른들 앞에서 공포에 떨며 엉엉 울
었다.

"저 사람은 괴물이야. 모두 저 사람이. 다 죽었어."

그 자리에 있던 사람들과 히메지마를 문초한 관리는 물론이
고, 당사자인 히메지마조차도 사요가 말한 '저 사람'이 도깨비
를 가리켰다는 것을 몰랐다.

공포에 넋이 나간 소녀가 무의식중에 기억을 왜곡해서 자신
을 괴물이라 불렀다고 굳게 믿는 그는, 그때 들은 말을, 공포
로 점철된 목소리를 한시도 잊은 적이 없다.

어린아이는 가엾을 정도로 나약하고… 그리고 잔혹하다.
그런 생각이 아직도 히메지마를 지배했다.

❋

"히메지마 교메이 님 댁 맞지요?"

"……."

은(隱) 부대에 의해 친척집으로 보내졌다던 소녀들과는 두 번 다신 만날 일도 없을 거라 생각했다.

그래서 이름도 묻지 않았다.

솔직한 심정을 말하자면 이 이상 어린아이와 엮이기 싫었다.

심지어 그날 이후로 반년이 지났다. 왜 이제 와서 자신을 찾아온 것이냐며 히메지마가 의아해하자,

"갑작스럽게 찾아온 무례를 용서해 주세요."

나이가 많은 쪽의 소녀가 고개를 꾸벅 숙였다.

"저는 코쵸우 카나에. 이쪽은 제 여동생인 시노부입니다."

언니가 그렇게 소개하자 어린 쪽의 소녀가 어색하게 머리를 숙이는 기척이 느껴졌다.

"어떻게 여기를…?"

"은 대원께 여쭤봤어요. 도깨비로부터 구해 주셨는데, 히메지마 님께 인사도 제대로 드리지 못해 정말 죄송했습니다. 저

희를… 동생을 구해 주셔서 정말 감사합니다."

소녀의 말투는 부드럽고 음성은 몹시 가련했지만, 한편으로는 늠름하고 맑은 느낌도 들었다. 히메지마는 그 목소리를 듣고 눈 속에 핀 한 떨기 꽃을 상상했다.

"언니를 구해 주셔서 정말 감사했습니다."

동생도 언니에 이어서 감사의 말을 전했다.

이쪽은 아직 어리고, 고집이 약간 센 것 같았다.

"아버지와 어머니의 장례식은 무사히 마쳤습니다. 시신이 웬만큼 온전해서 입관할 수 있었어요…. 모두 히메지마 님 덕분이에요. 정말로 감사했습니다."

언니와 동생 두 사람 모두 말 속에 진심이 담겨 있었다. 죽은 부모에 대한 애도, 히메지마를 향한 감사, 그리고 서로를 아끼는 마음이 강렬하게 전해졌다.

'이 말을 전하기 위해서 찾아왔나….'

아직 마음의 상처도 채 아물지 않았을진대….

소녀들의 갸륵한 마음에 히메지마의 마음이 흔들렸다.

그러나 한편으로는 그녀들과 엮이게 될까 봐 겁이 났다.

지금은 이리도 기특하게 인사하지만, 시간이 흐르면 왜 더 빨리 구해 주지 않았느냐며 히메지마를 책망할지도 모른다.

부모의 죽음마저도 히메지마의 탓이라고.

어린아이란 그런 생물이다.

그러므로 일부러 냉담하게 말했다.

"도깨비의 목을 베는 것이 내 임무다. 내게 감사할 필요 없어."

"네. 은 대원께서 귀살대에 대해서도 알려 주셨어요."

언니 카나에의 목소리에 돌연히 긴장감이 감돌았다.

언니는 동생을, 동생도 언니를 바라본 다음 작게 고개를 끄덕이는 게 느껴졌다.

"오늘은 부탁이 있어서 찾아왔습니다."

"도깨비 사냥법을 가르쳐 줬으면 해. 나랑 언니한테."

언니의 말을 가로지르듯이 시노부가 말했다.

"도깨비의 목을 베는 방법을 가르쳐 줘."

그 단단한 목소리에 히메지마의 심안(心眼)은, 자매의 결정적인 차이를 알아차렸다.

언니 카나에의 가슴속에 깊은 슬픔과 비통한 결의가 있는 반면, 시노부의 안에는 타오르는 듯한 분노와 증오가 있었다.

칼집에서 뽑아낸 칼날과도 같은 그 분노는 오히려 아름답기까지 했다.

'가엾게도….'

아무 일도 없었다면 부모와 언니의 사랑에 감싸여 행복하게 살았을 어린아이가 이만큼의 분노를, 증오를 품지 않고는 못 배기게 만든 모든 것이 침통하고 측은해서 견딜 수 없었다.

그러나 히메지마는 소녀들의 간곡한 부탁을 들어주지 않았다.

순간의 감정으로 이 아이들의 미래를 빼앗아서는 안 된다.

무엇보다도 상처로 가득한 히메지마의 마음이, 소녀들에게 정을 베풀기를 거부했다.

❊

장작을 패려고 히메지마가 집 밖으로 나오자 문 앞에 시노부가 있었다.

무심코 미간을 찡그렸다.

"…아직도 있었느냐."

"있지, 그럼. 아직 도깨비 사냥을 가르쳐 주겠다는 말을 못 들었으니까."

시노부가 화난 듯한 말투로 대답했다.

이어서 파각 하고 나무가 쪼개지는 날카로운 소리가 들렸다.

"장작을 패는 중이야. 언니는 집안 청소랑 빨래를 맡았어. 가능하면 그 옷도 빨고 싶으니까 나중에 다른 걸로 갈아입어 줘."

"그런 부탁은 한 적 없다."

히메지마가 다소 언짢은 말투로 말했다.

"어두워지기 전에 집으로 돌아가거라."

"돌아갈 집 같은 거 없어."

시노부가 딱딱한 목소리로 대답했다. "전부 없어졌어. 남은 것도 버리고 왔어. 이젠 아무것도 없어. 나한테는 언니밖에…."

소녀는 그렇게 말하고 다시 장작을 쪼갰다. 이번에는 아까만큼 깔끔한 소리가 나지 않았다.

히메지마가 사용하는 도끼는 어린 소녀에게는 너무 컸다.

"…이리 다오."

시노부의 손에서 도끼를 빼앗았다.

아주 잠깐 맞닿은 손은 슬플 정도로 작았다.

목소리의 울림과 들리는 위치, 발소리 등으로 미루어보아 이 시노부라는 소녀가 또래보다 훨씬 작은 체구일 거라고 생각은 했지만 상상한 대로였다.

"도끼는 이렇게, 나무에 수직으로 내리찍는 거다."

히메지마가 그루터기에 올린 통나무로 도끼를 휘둘렀다.

유난히 드높은 소리가 났다.

"아저씨는 눈이 안 보이는데 어떻게 알아?"

"…나는 아직 아저씨라고 불릴 나이가 아니야."

히메지마의 말에 시노부는 잠시 고민한 다음, "…그럼 히메지마 씨."라고 호칭을 바꿨다. 짐짓 점잔을 빼는 목소리가 귀여웠다.

"이마에 난 그 상처는 도깨비가 그랬어? 아직 아파?"

"…집으로 돌아가렴."

히메지마가 시노부의 질문을 무시하고 말했다.

가슴속에 이유 모를 초조함과 슬픔이 치밀어 올랐다.

"너희 자매에게 귀살은 무리다."

"왜? 여자 대원도 있잖아? 거짓말 해 봤자 소용없어. 은한

테 들었는걸."

"네 말대로 여자 대원이 없는 건 아니야. 하지만 남자 대원과 비교해서 압도적으로 수가 적어. 대부분 최종선별을 통과하지 못해."

"최종선별이라는 게 뭔데? 시험 같은 거야? 그럼 문제없어. 나도 언니도 머리는 나쁘지 않으니까."

"지금은 아직 어렵겠지만 언젠가는 잊을 수 있다. 평범한 여자아이로서 행복하게 살거라. 사랑하는 남자와 결혼해서 아이를 낳고, 주름투성이 할머니가 될 때까지 살…."

"잊을 수 있을 리 없잖아!!!"

히메지마가 말을 끝맺기도 전에 시노부에게서 고함이 터져나왔다.

시노부의 목소리 때문에 놀랐는지 근처 나무에서 작은 새들이 일제히 날아올랐다. 나뭇가지가 크게 흔들렸다.

"눈앞에서 아빠랑 엄마가 살해당했어!! 그런데도 아무 일 없었다는 듯이 살아갈 수 있을 것 같아?! 어떻게 그래… 어떻게 그러냐고!! 평범하게 사는 게 행복이야?! 입을 다물고 잊은 채 살아가는 게 행복이라면 필요 없어!! 그건 그냥 죽은 거나 마찬가지잖아!!"

"도깨비 사냥은 생각만큼 쉽지 않아. 피로 물든 길이다. 죽은 너희 부모가 딸들이 그렇게 살아가길 바랄 것 같으냐."

"아빠랑 엄마가 뭘 바라는지, 이젠 아무도 몰라…!"

울음을 터트릴 듯한 목소리로 소리쳤다.

히메지마는 입을 꾹 다물었다.

시노부가 쐐기를 박듯이 말을 이었다.

"그럼, 히메지마 씨는 할 수 있어? 소중한 사람들을 잃고도 아무 일 없었다는 것처럼 살 수 있어? 그럼 왜 귀살대에 들어갔어? 왜 도깨비 사냥꾼이 됐냐고!"

시노부는 물어뜯듯이 쏘아붙인 다음 집과는 반대 방향으로 달려갔다.

불러 세울 틈조차 없었다.

히메지마가 어쩔 도리 없이 그 자리에 서 있자,

"걱정 마세요. 금방 돌아올 거예요."

등 뒤에서 카나에의 목소리가 들렸다.

자신들의 목소리가 들렸으리라. 걱정이 되어 집에서 나온 듯한 언니는 히메지마가 뒤를 돌자 조용히 머리를 숙였다.

"동생의 무례를 용서해 주세요. 저 아이도 머리로는 알아요. 히메지마 님께서 저희 자매를 진심으로 걱정해 주심을…. 그

래도 감정이 주체가 안 되는 거겠죠…. 저 아이는 어릴 적부터 응석받이에, 아버지와 어머니를 무척 좋아했으니까요."

"대원이 되려면 어느 정도 체격은 되어야 해. 제아무리 검술을 갈고닦는다 한들 타고난 근육량은 바꿀 수가 없다. 순수한 힘은 근육의 양에 비례해."

"…알고 있습니다."

"웬만큼 신장이 큰 너는 그나마 괜찮아. 하지만 저 아이가 혹시나 대원이 된다고 해도 도깨비의 머리를 베기란 어려운 일이겠지."

"……."

"도깨비의 머리를 베지 못하는 대원에게 무엇이 기다릴 것 같으냐."

히메지마의 말에 카나에가 괴로운 듯이 고개를 숙였다.

한동안 견디기 어려운 침묵이 이어진 뒤에 카나에가 입을 열었다.

"아버지께서 자주 말씀하셨어요. 무거운 짐을 힘들게 지고 가는 사람이 있다면 절반을 짊어지고, 고민하는 사람이 있으면 함께 고민하며, 슬퍼하는 사람이 있으면 그 마음에 다가가 주라고요."

카나에와 시노부를 보고 있으면 대강은 이해가 된다.

필시 두 사람의 양친은 훌륭한 사람들이었으리라. 다정하고 근면성실하며, 딸들을 진심으로 사랑했다.

그러나 두 사람은 그런 양친을 빼앗겼다.

압도적인 힘이 저항할 새도 주지 않고 잔혹하게 앗아갔다.

"전 구하고 싶어요. 사람도. …그리고 도깨비도."

카나에의 음성은 진지했다. 그리고 가눌 길 없는 슬픔을 담고 있었다.

그것은 도저히 어린 소녀가 낼 수 있는 목소리가 아니었다.

그러나 연민보다도 의아함이 앞섰다. 히메지마는 카나에가 말하고자 하는 의미를 이해할 수 없었다.

"도깨비를… 구한다고?"

"은 대원께 들었습니다. 도깨비는 원래 우리와 같은 인간이었다고요."

카나에는 거기서 말을 잠시 멈춘 다음 숙이고 있던 고개를 들었다.

"슬픈 생물이에요. 인간이면서 인간을 잡아먹고, 아름다운 것이 당연한 아침 해를 두려워해요. 도깨비 한 마리를 죽이면 그 도깨비가 앞으로 죽일 사람을 구할 수 있죠. 그리고 그 도

깨비 자신도 가엾은 인과에서 해방시켜 줄 수 있어요."

"자기 부모를 죽인 도깨비 역시 구하고 싶다… 그 말인가?"

"…네."

"그게 진심으로 하는 말이라면 제정신이 아니군."

무심코 신랄한 말을 내뱉었다.

'도깨비를 구하고 싶다? 슬픈 생물?'

그런 생각은 장난으로도 해 본 적이 없었다.

히메지마는 자신에게서 모든 걸 빼앗은 도깨비를 아직도 증오했다. 한 마리라도 많은 도깨비를 죽여 버리고 싶다는 게 본심이었다.

그날 도깨비의 머리를 쉴 새 없이 때렸던 주먹의 감촉은 아직도 이 손에 남아 있다. 평생 사라지지 않을 게 분명하다.

히메지마는 자신의 심장이 멎는 그때까지 이 손으로 도깨비를 죽이고 또 죽이리라.

'이 아이는… 너무 다정하다.'

일반적인 인생이라면 그 다정함은 칭찬받아야 마땅하다. 그러나 귀살대원으로서 살아간다면 과도한 다정함은 언젠가 그녀 자신을 파멸로 몰아갈 것이다.

"너는 도깨비 사냥꾼이 되어서는 안 된다."

"아직 부서지지 않은 누군가의 행복을 지키고 싶어요. 당신이 우리에게 해 줬듯이…. 당신이 시노부를 지켜 줬듯이, 저도 누군가의 소중한 사람을 지키고 싶어요. 그렇게 함으로써 슬픔의 연쇄를 끊고 싶어요."

"그 결과 너 자신이나 동생이 죽게 된다 해도?"

"…윽…."

순간 카나에의 말문이 막혔다.

자기 목숨은 던질 수 있어도 동생의 목숨은 어렵겠지.

자신이 생각해도 비겁한 질문이었다.

그러나,

"이미 각오한 바입니다."

카나에는 떨리는 목소리로 말했다.

"시노부와 약속했어요. '다른 사람들은 우리와 같은 아픔을 겪게 하지 말자'고요."

소녀의 비장한 결의를 듣자 가슴속에 불쾌함이 스멀스멀 차올랐다. 소녀의 뜻밖의 고집에 약이 올랐다. 그 이상으로 순순히 받아들이지 못하는 자신에게 속절없이 화가 났다.

히메지마는 보이지 않는 두 눈을 질끈 감고 소녀에게서 등을 돌렸다.

도끼를 휘둘렀다.

통나무가 쪼개지면서 큰 파열음이 주변에 울려 퍼졌다.

등에 꽂히는 카나에의 올곧은 시선으로부터 도망치듯이 히메지마는 장작 패기에만 집중했다.

언니의 말대로 시노부는 얼마 지나지 않아 돌아왔다.

"다녀왔습니다."

그렇게 말하고는 주눅 든 기색 없이, 집에 오는 길에 땄다는 산나물과 버섯을 히메지마에게 떠넘겼다.

"저녁 반찬으로 좋을 것 같아서. 생각이 깊지?"

산더미 같은 산나물과 버섯을 받아들면서 히메지마가 인상을 찌푸렸다. 안 좋은 예감이 들었다.

아니나 다를까, 저녁이 되어도 자매는 집으로 돌아갈 생각이 없었다. 히메지마는 꺾쇠 까마귀가 임무를 전달하러 와 주기를 고대했지만, 꼭 이런 날은 까마귀가 나타나지 않는다.

이 근방은 해가 떨어지면 기온이 급격히 하락한다. 히메지마가 난로에 시노부와 자신이 쪼갠 장작을 넣어 불을 지피자, 마른 나무가 타는 뜨거운 냄새와 함께 된장과 쌀밥의 먹음직스러운 내음이 솔솔 피어났다.

"히메지마 씨."

머리 위에서 앳된 목소리가 내려왔다.

"저녁밥 했는데."

"죄송해요. 댁에 있는 쌀이랑 된장 등을 멋대로 사용했어요."

카나에가 미안한 말투로 덧붙였다. 이제 와서 뭘 새삼스레.

하는 수 없이 카나에, 시노부와 셋이서 난롯가에 모여 앉았다.

자매가 차려 준 저녁밥은 산나물 무침과 곤들매기 구이, 버섯 된장국과 주먹밥이었다.

문득 감상에 젖었다. 누군가와 이렇게 함께 앉아 식사하는 게 얼마 만이던가.

난로의 장작이 터지면서 파직파직, 메마른 소리를 냈다.

된장국을 입에 머금고 무의식중에,

"맛있군."

이라고 중얼거리자,

"그건 시노부가 끓였어요."

카나에가 기쁜 듯이 대답했다.

"시노부는 손재주가 아주 좋아요. 옛날부터 정원의 식물을 모아서 약사 흉내를 내곤 했는데, 나중에는 정말로 약을 만들더라고요."

"그거 빼고 다른 건 다 언니가 더 잘하잖아."

시노부가 살짝 사나운 말투로 말했다.

어조를 통해 화난 것은 아니고 쑥스러워서 그런다는 걸 알았다.

"언니는 있지, 마을에서 제일 예쁘고 재주가 많아. 악기 연주, 꽃꽂이, 그리고 다도까지. 뭐든지 잘해서 마을 남자들은 모두 언니한테 홀딱 반했었어."

"시노부, 그만하렴."

"히메지마 씨도 눈이 보였다면 깜짝 놀랐을 게 분명해."

"얘, 시노부!"

"왜? 사실이잖아."

"어휴, 정말이지…. 히메지마 님은 어떤 음식을 좋아하세요?"

"달걀말이? 조림? 튀김? 내일 나랑 언니가 만들어 줄게."

히메지마는 대화에 거의 참여하지 않고 자매끼리 떠들게 놔뒀다.

타오르는 난롯불이 따뜻했다.

평소 먹는 쌀과 똑같은데도 자매가 손수 만들어 준 주먹밥은 몹시 다정한 맛이 났다.

실내를 채운 공기마저도 부드럽고 맑은 느낌이 들었다.

누군가와 함께 생활한다는 것은 이렇게나 따스하다.

일찍이 아이들과 지냈던 나날이 떠올랐다. 행복했던 날들의 잔해와도 같은 그 기억을 히메지마는 조용히 가슴속 깊은 곳으로 밀어 넣었다.

그날 밤, 시노부는 몇 번이나 발작을 일으키며 잠을 설쳤다.

"아빠!! 엄마…!!"

"시노부… 괜찮아, 괜찮아."

"싫어어어어어어어어어어어어어어어어어어어어어어어!!!"

"시노부, 시노부…."

언니가 동생을 필사적으로 품에 안으며 달래는 걸 알 수 있

었다.

"도깨비가…!! 도깨비가 아빠랑 엄마를!!!"
"시노부… 시노부…."

피를 토할 듯한 시노부의 절규가, 오열이, 언니가 동생의 이름을 부르는 목소리가 깊이 박혀서 한참이 지나도 귓가를 떠나질 않았다.

아침에 일어나 보니, 완전히 원래 상태로 돌아온 시노부와 카나에가 아침밥을 차려서 기다리고 있었다.
자매는 집에 돌아가기를 완강히 거부했고, 이런 날이 사흘이나 이어지자 히메지마는 결국 두 손을 들었다.

사랑하는 부모님을 잃은 자매와, 소중히 기르던 아이들을 잃은 어른 하나.
마치 일그러진 가족놀이 같다.

이런 생활을 계속하면 싫어도 두 사람에게 정이 들고 말 것이다. 아니, 이미 정들어 버렸는지도 모른다.

그렇기에 더욱, 이 아이들의 평온한 미래를 자신이 빼앗아 버리는 것이 이루 말할 수 없이 두려웠다.

"…따라오려무나."

이 기묘한 동거생활이 시작되고 나흘째 아침, 식사를 마친 자매를 집 뒤편으로 데려갔다.

그곳에 히메지마가 수련에 사용하는 거대한 바위가 있었다.

성인 남성의 키와 비슷할 정도로 커다란 그것은 어린 두 자매가 보기에는 아담한 동산 같으리라.

"이제부터 내가 내는 시련을 완수한다면 귀살대원이 될 수 있도록 '육성자'를 소개하마."

"정말?"

한껏 들뜬 시노부의 목소리.

반면 카나에는 어리둥절해하며 물었다.

"저어… 육성자라는 게 뭔가요?"

"말 그대로 검사를 육성하는 자들을 말한다. '육성자'는 여

러 명이 있으며 각자의 수련장에서 각자의 방식으로 검사를 길러내지. 대부분 왕년에 실력 있는 대원이었다. 그러다 모종의 이유로 은퇴해서 후진 양성에 심혈을 기울이고 있어. 그 육성자 밑에서 열심히 수련하고, '후지카사네산'에서 열리는 '최종선별'에 참가해 살아남으면 어엿한 귀살대의 대원으로 인정받게 된다."

"에엑? 히메지마 씨가 가르쳐 주는 게 아니고?"

시노부의 목소리가 아주 약간 불만의 빛을 띠었다.

히메지마는 무심코 입가에 미소를 지을 뻔했다.

이 소녀는 분노의 감정을 폭발시키는 때나 악몽에 시달려 울부짖을 때를 제외하면 실로 어린아이다운 어린아이다. 시시각각 표정이 바뀌는 음성은 시노부의 솔직한 성격을 그대로 드러내는 것 같아서 최근에는 훈훈하기까지 했다.

그러나 그걸 본인에게 말한 적은 없다.

히메지마는 일부러 감정을 억누르고 담담하게 이야기했다.

"나에게는 내게 할당되는 임무가 있다. 훈련도 꾸준히 해야 하고. 남을 가르치고 키울 여유는 없어."

"그렇게 강하면서 무슨 훈련을 또 해?"

의아해하는 시노부의 말을 가로막듯이 카나에가 "알겠습니다.”라고 대답했다.

“저희가 무사히 시련을 극복하면 그 육성자라는 분을 소개해 주세요.”

“단, 각자 다른 육성자 밑에 들어가 줘야겠다.”

“네…?”

두 명의 소녀, 그중에서도 시노부의 당혹감과 두려움이 공기를 타고 전해져 왔다.

그러나 금세 꿋꿋한 아이로 돌아왔다.

“언니….”

“상관없어요.”

시노부가 결의를 담은 목소리로 언니를 불렀고, 카나에가 고개를 힘차게 끄덕였다.

“‘최종선별’에서 살아남아서 반드시 재회하고야 말겠습니다.”

히메지마는 눈을 감은 다음 수련용 바위에 한손을 갖다 댔다. 손바닥을 통해 차갑고 울퉁불퉁한 바위 표면이 느껴졌다.

“시련은 간단해. 이 바위를 움직이거라. 이 바위를 움직이는데 성공하면 나는 너희를 인정하겠다.”

스스로도 터무니없는 소리라는 건 잘 안다. 히메지마 자신도 이 바위를 움직일 수 있게 되기까지 상당한 시간이 걸렸다.

이건 골칫거리를 쫓아내기 위한 허울 좋은 핑계였다.

예상대로 말문이 막힌 언니 옆에서 시노부가 바락바락 대들었다.

"바보 아냐? 그런 게 가능할 리 없잖아! 누가 할 수 있는데? 그런 일을!"

"난 이걸 밀면서 1정*을 걸어갈 수 있다."

"그거야 히메지마 씨는 되겠지! 곰처럼 크니까! 그치만 우리는 도저히 할 수 없다고!!"

분개하는 시노부에게 히메지마가 낮은 목소리로 말했다.

"못 한다고 떼를 쓰면 용서가 되느냐?"

"뭐, 뭐야…."

"해내지 못하면 누군가가 죽는다. 지켜야 할 자가 목숨을 잃어. 그런 상황에서도 너는 지금처럼 안일한 변명을 늘어놓을 텐가?"

신랄한 말에 압도당했는지 시노부가 입을 꾹 다물었다.

"할 수 있고 할 수 없음을 따질 때가 아니야. 못 해도 해야만 한다. 힘이 부족해도, 무얼 희생시키더라도, 자신의 모든 것을

※1정 : 약 109cm.

걸고 완수해라."

히메지마의 목소리에 엄격함이 담겼다.

"도깨비 사냥꾼이 되는 건, 남의 목숨을 자기 어깨에 진다는 건 바로 그러한 일이야."

"……."

"그걸 못 하겠다면 이번에야말로 집으로 돌아가거라."

히메지마는 두 사람에게서 고개를 돌리더니 그 이상 아무 말도 하지 않고 그 자리를 떠났다.

꺾쇠 까마귀에게서 지령이 온 건 그날 낮이었다.

히메지마가 한동안 집을 비운다는 소식을 알리러 가자 두 사람은 아직도 바위 앞에 있었다. 어떻게든 바위를 밀어 보겠다고 헛된 노력을 계속하고 있었다.

히메지마의 이야기를 들은 카나에는 조용히 머리를 숙이며,

"부디 몸조심하시고 꼭 무사히 돌아오세요."

그렇게 말했다.

만약 이 집에 남을 거라면 밤에는 반드시 등나무꽃 향로를 피워 놓으라고 끈질길 정도로 신신당부했다.

"감사합니다. 반드시 피워놓을게요."

그렇게 약속한 다음 카나에는 약간 긴장된 목소리로 말했다. "무운을 빕니다."

시노부는 아무 말도 건네지 않았다.

언니 옆에서 원망스러운 눈으로 이쪽을 바라보고 있었다. 화가 난 듯한, 금방이라도 울음을 터트릴 것 같은 등 뒤의 기척을 느끼면서 히메지마는 임무지로 향했다.

소녀들은 머지않아 이곳을 떠나겠지.

낙담과 분노를 가슴에 품고.

히메지마를 원망하면서….

그리고 두 번 다시는 만날 일이 없을 것이다.

그렇게 생각하자 가슴 안쪽에 바람구멍이 뻥 뚫린 듯한 느낌이 들었다. 그 구멍을 차디찬 바람이 휘잉, 휘잉 하고 통과했다.

이 구멍은 한동안 메워지지 않으리라. 그러나….

'이걸로 된 거다….'

슬픔을 아는 두 사람이라면 굳세고 다정한 어른으로 자랄 것이다.

아이를 낳고 생을 이어가 줬으면 한다.

낡은 절에서 죽어 간 그 아이들이 갖지 못했던 앞으로의 인생을 부디 걸어가 줬으면 한다.

바라는 건 그뿐이었다.

설령 그것이 나약한 자신의 기만이라 할지라도….

임무를 마친 히메지마가 오랜만에 귀가해 보니 집 안은 비어 있었지만, 뒤편에서 인기척이 느껴졌다.

'이 기척은….'

설마 그럴 리 없다고 생각하면서 집 뒤편으로 향하니 문제의 바위 옆에 녹초가 된 소녀 둘이 앉아 있었다.

카나에와 시노부였다.

몹시 지쳤는지 호흡이 약간 거칠었다.

히메지마가 당황해서 두 사람에게 달려가자, 그가 온 것을

마침내 알아챈 시노부가 고개를 들었다.

"아, 히메지마 씨. 어서 와."

진이 빠진 목소리로 그렇게 말했다.

그 옆에서 카나에가 비틀비틀 일어나서는 히메지마가 임무지로 향할 때와 똑같이 조용히 머리를 숙였다. 그리고 임무를 수행하고 오느라 고생했다며 인사를 건넸다.

"무사하셔서 다행이에요."

"…너희."

내내 여기 있었느냐고 물으려던 히메지마는 어느 위화감을 느끼고 미간을 찌푸렸다.

'바위의 위치가 달라졌어….'

1정에는 한참 못 미치지만, 바위는 확실히 움직였다. 히메지마는 눈이 보이지 않는 만큼 자신의 감각에 절대적인 자신이 있었다.

하지만 무슨 수로….

히메지마가 할 말을 잃고 서 있자 소녀들이 서로를 바라보며 만족스러운 미소를 짓는 기척이 느껴졌다.

그리고 시노부가 히메지마의 손을 잡더니 바위 밑에서부터 뻗어 나온 단단한 봉 모양 물체에 슬며시 갖다 댔다.

히메지마는 잔꾀를 간파했다.

"지레인가…."

"맞아."

바위 아래쪽을 깊이 파고 봉을 꽂아 작용점을 만든 다음, 그 가까이에 통나무를 끼워서 받침점을 만든다.

지레의 원리를 이용하면 힘이 약한 자매라도 큰 바위를 움직이는 게 가능하다.

"이걸… 너희 스스로 생각해 낸 거냐?"

"말했잖아? 나도 언니도 머리는 나쁘지 않다고."

시노부가 의기양양하게 대답했다.

"그래도 뭐… 여러 번 실패하긴 했어."

히메지마의 손에 겹쳐진 시노부의 자그마한 손은 흙투성이였다. 손바닥에 생긴 물집이 터지고 아물기를 반복해서 피부가 두껍고 딱딱해졌다. 아마 카나에의 손도 똑같은 상태일 것이다.

히메지마가 아무 말이 없자 시노부가 불만스러운 투로,

"왜?"

라고 말했다. "불만이라도 있어?"

하는 말과는 반대로 다소 기가 죽은 말투였다.

"히메지마 씨가 지레를 쓰면 안 된다는 말은 한마디도 안 했잖아."

아마 이 교활하고 고지식한 어른이 자신들의 해결법을 트집 잡아서 약속을 깨 버릴까 걱정하는 것이리라.

"약속은 약속이야."

"…그래, 네 말이 맞아."

대들 듯이 말하는 시노부의 머리에 손을 올린 히메지마가 살며시 미소를 지었다.

"나는 너희를 인정한다."

그 말을 듣자 마침내 시노부의 작은 몸을 뒤덮고 있던 긴장이 풀렸다.

"정말?"

"그래."

"그럼… 육성자를 소개해 주시는 건가요?"

"책임을 지고 실력이 뛰어난 자를 소개하마."

단단히 약속하자 시노부가 "야호!"라고 기쁨의 비명을 질렀고, 카나에는 안도의 한숨을 내쉬었다.

히메지마의 가슴에 매우 오랜만에 따스한 감정이 가득 차올랐다.

"카나에, 시노부…. 정말 멋지게 완수했다."

처음으로 두 사람을 이름으로 불렀다.

동생은 쑥스러운 듯이, 언니는 온화하게 미소 지었다.

다음 날 아침, 자매는 각자의 육성자를 찾아 떠나갔다.

"…허면 각자 상세한 훈련 내용을 정하고 준비를 진행해 다오."

그렇게 마무리 지으며 주합회의를 마쳤다.

먼저 물러난 토미오카 이외의 면면이 줄지어 저택을 떠나가는 와중에 시노부가 이쪽으로 다가왔다.

"히메지마 씨."

"뭐지…?"

"저는 주(柱) 훈련에 참가하지 못해요."

해야 할 일이 있다고 한다. 그것도 매우 급하게.

"독인가?"

"네."

시노부가 침착하게 끄덕였다. "준비에 시간이 조금 걸릴 것 같아서요." "…그러냐."

그 음성은 평소와 똑같았다.

긴장이 없음은 물론, 기백도 없다. 미세한 감정의 흐트러짐조차 없다.

그저 봄날의 햇살처럼 온화하고 한없이 상냥하다.

마치 지금은 없는 그녀의 언니, 그 자체였다.

카나에가 죽으면서 시노부는 달라졌다.

죽여 마땅한 도깨비까지도 가엾이 여겼던 언니의 몸짓, 말투, 행동거지, 성격… 그 전부를 모방하고, 그야말로 피를 토하는 수련 끝에 주의 자리에까지 올랐다.

예전의 시노부를 잘 아는 자라면 누구나 그녀의 현재 모습에 놀라움을 금치 못하리라.

'너는… 그리 하지 않으면 살아갈 수 없었던 건가.'

그 정도로 슬펐느냐.

그 정도로 괴로웠느냐.

히메지마는 이제 와서 의문이 들었다.

그날 자신이 내린 결단은 진정으로 옳았을까.

히메지마가 소개한 육성자 밑에서 수련을 쌓은 두 소녀는 무사히 '최종선별'에서 살아남아 눈물의 재회를 이뤘다.

그러나 몇 년 후에 카나에는 죽었고, 시노부는 가장 사랑하는 언니를 잃었다.

그날, 히메지마 역시 카나에를 잃고 시노부마저도 잃어버렸다.

하지만 후회는 하지 않는다.

아니, 해서는 안 된다.

그건 마지막 순간까지 자신의 뜻을 관철하고, 검사로서 당당히 죽음을 맞은 카나에의 삶을 부정하는 꼴이 된다.

그리고 죽은 언니의 뜻을 계승하려는 시노부의 마음도….

"그럼, 먼저 실례할게요."

시노부가 가볍게 고개를 숙인 다음 뒤돌아섰다.

그 순간, 문득 형언할 수 없는 불안감에 사로잡혔다.

두 번 다시는 이 아이를 만나지 못할 것 같은 느낌이 들었다.

많은 것을 짊어진 그 자그마한 등에 대고 저도 모르게,

"…시노부."

"……."

그 옛날의 소녀에게 했듯이 이름을 불렀다. 시노부의 주변을 둘러싼 공기가 미세하게 흐트러졌다.

아주 잠깐.

울음을 터트리기 직전의 어린 여자아이가 그곳에 있는 것 같았다.

그러나 금세 원래의 침착한 분위기로 돌아온 시노부가 뒤를 돌아봤다.

"네, 왜 그러시죠?"

명을 재촉하지 마라. 그런 말이 나오려는 걸 간발의 차로 꾹 눌러 담았다.

정말로 사이좋은 자매였다.

서로를 진심으로 아끼고, 돌보고, 신뢰하고, 자기 자신보다도 서로를 소중히 여겼다.

　필시 언니의 원수를 갚는 것만을 가슴에 품고 하루하루를 살아갈 시노부에게 그 결심을 말릴 권리는 이 세상 누구에게도 없었다.

　"…아니, 아무것도 아니다."

　겨우 그 말만을 내뱉었다.

　"뭐예요, 히메지마 씨."

　시노부가 조금은 곤란하다는 듯이 웃었다.

　언니와 똑같은 미소를 지으며….

　그 뒷모습이 멀어져 가는 것을 히메지마는 더 이상 막지 않았다.

제 2 화

올바른 온천
추천

"물론 젠이츠 너 같은 속도로 해내진 못했지만, 진짜로 고맙다. 이렇듯 사람과 사람 사이의 끈이 자신을 궁지에서 구해 줄 때도 있으니까. 분명 주 훈련에서 배운 것들도 전부, 좋은 미래로 연결될 거라 믿어."

탄지로의 다정한 격려를 받아 마침내 긍정적인 마음가짐을 되찾은 젠이츠. 그러나 그의 의욕은 주 훈련의 '첫 번째 시련', 우즈이 텐겐이 지도하는 지옥의 빵빵이 훈련 개시 후 1각도 채 유지되지 못했다….

"인마! 젠이츠!! 누가 처자래? 느긋하게 잠이나 잘 여유가 있으면 피 토할 때까지 달려! 그런 실력으로 상현 도깨비를 이길 수 있을 것 같냐?! 농땡이 부리면 죽여 버린다?!"
"히익… 흐악~~~~!!"
이름을 콕 집어서 날아오는 질책. 아니, 이건 거의 욕설이

다. 거기에 더해서 자비와 용서라곤 없는 죽도 일격에 젠이츠의 입에서는 금세 앓는 소리가 터져 나왔다.

'아니, 인간적으로 조금은 특별하게 대해 줘도 되는 거 아닌가? 명색이 상현 도깨비랑 함께 싸운 사이잖아, 우리는. 애썼잖아? 함께 목숨을 걸고 애썼잖아?'

오히려 특별히 여기는 만큼 보다 더 엄격하게 다루는 느낌마저 들었다.

반면에 이노스케는 우즈이의 빽빽이 훈련이 자신의 성격에 맞았는지 물 만난 고기처럼 산길을 내달렸다.

"우오오오오!! 저돌맹진! 저돌맹진!"

"제법이구나, 멧돼지! 전원 앞으로 20바퀴! 젠이츠, 네놈은 30바퀴 남았다!"

"제기라아아아아아아아알!!"

우즈이가 성난 목소리로 외치자 젠이츠의 듣기 싫은 절규가 산속에 메아리쳤다.

"넌 저 사람이랑 같이 상현6을 쓰러트렸잖아? 그런데 왜 너만 보면 못 잡아먹어서 안달이래?"

"…그런 건… 제가 묻고 싶어요."

휴식 중 나비 저택에서 한 번 만난 적이 있는 선배 대원, 무라타에게 동정의 눈빛을 받으면서 젠이츠가 땅바닥에 쓰러진 채 피눈물을 흘렸다. 그대로 사지를 버둥거리며 날뛰었다.

"더는 싫어! 이젠 싫어어어어어어! 빨리 돌아가서 네즈코 얼굴을 보고 싶어! 치유받고 싶어!"

"뭐? 아, 아가츠마 너 설마… 연인이 있는 거야?"

무라타를 비롯해 그 자리에 있던 대원 여럿이 술렁거렸다.

그러나 울면서 몸부림치는 젠이츠를 빤히 바라본 후,

"아니겠지."

라고 입을 모아 말했다.

긴장됐던 분위기가 순식간에 누그러졌다. 인기 없는 남자 대원들. 전에 없던 일체감이 모두의 가슴속에 싹텄다.

"응, 아니야. 절대로 그럴 리 없어."

"그런 망상을 해서 쓸쓸한 마음을 달래는 거지?"

"이해해."

"나도 있어, 망상 연인."

"진짜? 나도."

"얼굴은 코쵸우 님이야."

"난 연주님."

"나는… 나비 저택의 츠구코로 있는 애, 꽤 좋아해."

라며 젠이츠는 방치하고 자기들끼리 대화의 꽃을 피웠다. 젠이츠는 반사적으로 몸을 벌떡 일으켜서,

"아니, 네즈코는 실제로 존재하거든? 나비 저택에서 내가 돌아오기를 기다리고 있어. 망상이라고 하지 마! 슬퍼지니까!"

"괜찮아, 젠이츠."

"무리하지 마."

"이것도 먹을래?"

"기운 내."

"아니, 아니, 아니! 그렇게 상냥한 말투로 말하지 말아 줄래? 네즈코는 정말로 있어! 다음에 만났을 때에는 '어서 와, 젠이츠'라고 내 이름을 불러 줄 게 분명해! 그리고 나는 네즈코를 신부로 삼아서 매일 초밥이랑 장어를 먹여 주고, 예쁜 옷

을 잔뜩 사 주고, 검은 머리가 파뿌리 될 때까지 행복하게 살
거야!!"

"응, 응."

"그래, 맞아. 아가츠마."

"장어 맛있지."

"우리는 언제까지나 네 편이야."

"힘내!"

선배들의 미적지근하면서도 상냥한 눈빛이 젠이츠를 더욱
더 몰아붙였다.

그때,

"쓰레기들아, 휴식은 끝이다."

우즈이가 죽도를 팍팍 두들기며 나타났다. 육체적인 한계를
이유로 주의 자리에서 물러난 남자라고는 믿기지 않는 위압감
이었다. 오히려 왜 은퇴했는지 이해가 가지 않을 만큼 쌩쌩했
다.

이쯤 되면 하급 대원을 괴롭히는 걸 즐긴다는 생각밖에 안
들었다.

"각자 쓰러질 때까지 산을 오르내릴 것. …그리고 젠이츠,
네놈은 특별훈련이다."

"엑…."

핏기가 싹 가신 젠이츠가 무라타 등 선배들에게 도움의 눈빛을 보냈다.

그러나 방금 전까지 언제까지나 네 편이라며 호언장담하던 마음씨 착한 선배들은 젠이츠에게 등을 돌리고는 후다닥 그 자리를 떠나갔다….

"온천을 파라."

"예?"

얼마나 무시무시한 처사가 자신을 기다릴지 두려워하던 젠이츠였는데, 우즈이의 입에서 나온 건 너무나도 뜻밖인 명령. 상상의 범주를 한참 벗어나 있었다.

"뭐라고요?"

젠이츠가 되물었다.

"죄송합니다. 지금 환청 같은 게 들렸는데요…."

"온천 자리를 찾아서 파내. 그때까지 네놈은 식사 금지다."

우즈이는 그렇게 말하더니 "자." 하고 곡괭이를 던져 줬다.

반사적으로 "…아, 고맙습니다."라며 받아들어 버렸다. 오래 사용한 듯한 곡괭이는 매우 묵직했다.

그리고 얼마간 손에 쥔 곡괭이를 바라봤으나,

"예에에에에에에에에?!"

마침내 젠이츠가 두 눈을 부릅떴다. 그리고 한 번 더 "예에에에에에에에에에에?!"라고 소리쳤다.

"당신, 지금 뭔 소리야? 머리 괜찮아요? 애초에 온천이란 게 찾는다고 쉽게 찾아서 팔 수 있는 거야? 아니지? 아하~ 일부러 그러는 건가? 일부러 절 괴롭히시는 거죠? 그쪽이 그럴 생각이라면 전 그만 돌아가겠어요. 신세 많이 졌습니다!"

단숨에 우르르 쏟아낸 젠이츠가 전 주에게서 빙그르 등을 돌렸다.

그러나 당연히 길길이 화낼 줄 알았던 우즈이는,

"아, 그러셔?"

너무나도 선뜻 대답하는 게 전부였다. 그 이상 욕설을 퍼붓지도 않거니와 죽도가 젠이츠의 머리를 쪼개지도 않았다.

'싫다…. 뭐야, 이거…. 상상이랑 다르지 않아? 무섭지 않

아?'

반응이 없어도 너무 없어 반대로 불안해진 젠이츠가 조심스레 돌아보자, 우즈이가 의미심장하게 눈웃음을 지었다. 한쪽 눈을 잃었음에도 얄미울 정도로 그전보다 더 잘생겨졌다.

"그것참 아쉽네. 온천을 파내면 혼욕을 즐길 생각이었는데 말이지."

"호, 호호호호호호호호호호혼욕…?!"

젠이츠가 과격하게 반응했다.

"호호호, 혼욕이라 하심은 그, 그거요? 그거 맞나? 남녀가 같은 물에 몸을 담그는… 그, 그 환상의." "그래."

우즈이가 태연하게 끄덕이는 걸 본 젠이츠는 "혼욕… 여자애랑 혼욕."이라며 감동에 몸을 부르르 떨었지만, 퍼뜩 정신을 차리더니,

"아~ 그런가. 그런 건가요?"

갑자기 흥이 팍 식어서는 말했다.

"또~ 당신한테 속을 뻔했어. 그런 소리를 해 봤자 이번 주 훈련에 참가한 건 땀내 나는 남자들뿐이잖아. 사내놈들한테 둘러싸여서 목욕하는 게 무슨 재미야?"

까칠하게 쏘아붙인 젠이츠가 다시 한번 그 자리를 떠나려

하자,

"히나츠루."

우즈이가 툭 내뱉은 그 이름에 젠이츠가 걸음을 멈췄다.

"?!"

"마키오."

"!!"

"스마."

"……."

우즈이가 자신의 세 아내의 이름을 천천히 나열했다. 그리고 이젠 알아듣지 않았냐는 듯이 흐흥 웃었다.

"여기에는 그 셋도 있는데? 네놈도 그 녀석들이 지은 밥을 먹었잖아."

'히나츠루 씨, 마키오 씨, 스마 씨.'

여닌자인 그녀들은 아름다운 얼굴은 물론이요, 아주 매력적인 몸매의 소유자였다. 늘씬하면서도 나올 곳은 확실하게 나왔다.

"그 녀석들은 온천이라면 사족을 못 써."

"…그, 그래 봤자 결국에는 닌자들 특유의 쫄쫄이 같은 걸 입고 들어갈 거잖아요? 예이, 예이. 다 안다고요. 당신이 어떤

잔꾀를 쓸지, 제 눈에는 훤~히 보여요."

내심 동요한 걸 필사적으로 감추면서 젠이츠가 더욱더 빈정거리는 태도를 취했다.

그러나….

"뭐? 온천에 들어가는 데 옷을 왜 입냐? 닌자가 됐든 누가 됐든 온천욕은 알몸으로 하지, 알몸으로."

"!!!"

그 순간, 젠이츠의 완강한 마음이 순식간에 붕괴됐다.

금방이라도 우즈이의 양손을 붙잡을 기세로 그에게 다가가서는,

"우즈이 씨!! 아니, 우즈이 님!!!!!!!!!! 텐겐 님!!!!!!!!!!!"

"저리 떨어져!! 그래서? 할 거야, 말 거야?"

"물론 기꺼이 하겠습니다!!!"

거친 콧김을 내뿜으며 젠이츠가 핏발이 선 눈으로 외쳤다.

지금이라면 우즈이가 신이라 부르라고 명령해도 순순히 따르리라.

'히나츠루 씨, 마키오 씨, 스마 씨랑 혼욕이라… 우히힛!'

젠이츠는 곡괭이의 자루를 꽉 쥐고는 이제껏 본 적 없는 무릉도원을 머릿속에 그리며 헤벌쭉 웃었다.

인중이 주~욱 늘어진, 그야말로 여성들에게 결코 인기를 끌지 못할 얼굴로….

"좋았어. 그럼, 탄지로! 내가 소리를 들을 테니까, 넌 코로 온천 냄새가 나는 곳을 찾… 아, 맞다. 그러고 보니까 탄지로가 없잖아?"

우즈이의 모습이 시야에서 사라질 때까지 기다린 젠이츠가 기세 좋게 자신의 오른쪽에다 대고 말을 걸었다.

그러나 거기에 탄지로의 모습은 없었다. 그제야 마침내 친구의 부재를 떠올렸다.

상현4와 싸우다 온몸의 뼈가 부러진 친구는 아직 요양 중이었다.

장남 기질을 지닌 마음씨 착한 그는 이제까지도 횟수를 셀 수 없을 만큼 젠이츠를 도와줬다.

그 결과, 마치 숨 쉬듯이 자연스럽게 탄지로에게 의지하는 버릇이 들어 버린 젠이츠였다.

그 탄지로가 지금 없다 함은….

"큰일이네. 달리 누가…."

온천의 원천을 찾아내는 데도, 실제로 땅을 파는 데도 협력 자는 필요했다.

'우선은 힘이 제일 중요하겠지. 온천이 터질 지점을 한 방에 찾아낼 수 있을지 어떨지, 확실하지 않으니까.'

일단은 힘이 받쳐 주고 탄지로나 자신처럼 특수한 감각까지 있다면 더욱 좋을 텐데.

거기까지 생각했을 때, 근처의 수풀이 부스럭부스럭 움직이 더니 안에서 뭔가 커다란 것이 튀어나왔다.

"우오오오오오오오오!!"

"우왁?!"

"저돌맹진! 저돌맹진!"

영락없이 산짐승인 줄 알았던 그것은 이노스케였다.

산길을 그냥 뛰어 올라가는 것만으로는 성에 안 찼는지, 손 수 만든 듯한 지게에 거대한 돌을 올려놨다.

"뭐야, 이노스케였네…. 사람 놀라게 하지 마. 너도 산을

오르락내리락하는 중이야? 그 무식하게 커다란 돌까지 짊어지고. 그나저나 너, 다음 주한테 가도 된다고 허락받지 않았어?"

"어, 오늘 아침에 그러더라."

"그럼, 빨리 가. 여태 여기서 뭐 해."

"마지막으로 축제의 신에게 앙갚음을 해 주지 않으면 분하니까." 이노스케가 주먹을 불끈 쥐었다. "적어도 한 방은 먹여 주고 싶어."

'이 자식, 아직도 우즈이 씨가 축제의 신인 줄 아는구만….'

젠이츠는 맥이 쭉 빠졌다. 그 이상으로, 하산해도 된다는 허락을 받고도 지금까지보다 더 고된 훈련을 자진해서 하는 이노스케의 의욕에 넌더리가 났다.

탄지로도 그렇지만, 이노스케 역시 무시무시하게 적극적인 성격이었다.

자기가 유난히 소극적인 게 아니라 이 두 사람이 경악할 만큼 적극적인 것이다.

"역시 넌 괴짜야. 이상해."

"그래서? 넌 뭐 하냐? 훈련 땡땡이야?"

"땡땡이 아니야. 우즈이 씨가 특별한 훈련이라고 시켜서 온천을 파는 중인데….”

하아~하고 한숨을 쉬는 젠이츠에게,

“옴천?”

이노스케가 신기한 듯이 되물었다. 발음이 이상했다.

“옴천이 아니라 온천.”

“옴천이 뭐냐? 판다고 했는데, 죽순 같은 거야? 맛있어?”

“에엑? 너, 온천이 뭔지 몰라? 온천을?”

“먹어 본 적 없어.”

“‘앙갚음’ 같은 표현이나, 웬 옛날 말로 된 한물간 노래는 잘
알면서 온천을 모르다니. 넌 진짜 별난 놈이라니까. 수수께끼
야. 너라는 존재 전부가 수수께끼. 영문을 모르겠어.”

“그만 주절거리고 얼른 먹게 해 줘! 돈이츠 자식아.”

“아니, 먹는 게 아니고 난 돈이츠도 아니야. 온천이라는 건
땅속에서 솟아오른 뜨거운 물을 말하는데, 따뜻하고 기분 좋
고, 심지어 혼욕을, 정말이지, 행복한 혼욕을, 꿈만 같은 혼욕
을 할 수 있는 커다란 목욕탕 같은 거야.”

“고목? 고목이 왜 목욕탕이 돼? 너, 머리 괜찮냐?”

“너한테 그런 말 듣기 싫거든? 고목이 아니라 혼요….”

정정해 주려던 젠이츠가 문득 말을 멈췄다.

"'혼요'?"

말없이 눈앞의 이노스케를 뚫어져라 바라봤다.

있었다.

탄지로와 비슷하게 힘이 좋으면서 날카로운 감각을 지닌 사람… 아니, 멧돼지가.

왜 바로 떠오르지 않았을까. 이만한 적임자는 더 없었다.

'다만 조금….'

사람 좋은 탄지로라면 젠이츠의 부탁을 기꺼이 들어줄 것이다.

그러나 이노스케는 그리 만만한 상대가 아니었다.

오히려 기본적으로 남의 말을 듣지 않는다. 무서울 정도로 안 듣는다. 평범하게 부탁만 해서는 일단 귓등으로도 듣지 않으리라.

"혼요… 뭐?"

"…있잖아, 이노스케."

젠이츠는 한참 동안 필사적으로 머리를 굴린 끝에 마침내 떠오른 계책을 내놓았다.

"너, 더 강해지고 싶어?"

"아앙? 무슨 당연한 소리를 하고 앉았어. 누구나 강해지고 싶지. 겁쟁이인 네놈이랑 똑같이 취급하지 마."

"응, 응."

평소라면 발끈할 소리였지만 젠이츠는 진지한 얼굴로 몇 번이나 고개를 끄덕였다. 그러고는,

"그럼, 지금 당장에라도 온천에 들어가야 해." "뭐~?"

딱 잘라 말하는 젠이츠에게 이노스케가 멧돼지 머리를 갸웃거렸다.

"목욕을 하는데 왜 강해져? 너, 드디어 머리가 이상해졌구나."

"그거 몰라, 이노스케? 온천은 제각각 효능이 다르지만, 이 산에 잠들어 있는 온천은 '들어가면 강해지는 성분'이 대량으로 들어 있어."

"들어가면 강해지는… 성분이라고?"

이노스케가 침을 꿀꺽 삼켰다. 그의 안에서 '온천'에 대한 관심이 급격하게 켜졌음을 알 수 있었다.

"그런 게 있다고…?"

"그래, 있어."

"거기에 들어가면 그 축제의 신보다 강해질 수 있는 거야?"

"그럼! 그딴 아저씨는 상대도 안 돼."

"그럼, 그 반반 두루마기도?"

"반반 두루마기? 누군지 모르겠지만, 그 반반 두루마기도 분명 쓰러트릴 수 있어. 그러니까 지금 당장 나랑 같이 파자. 혼욕…이 아니라 우리의 꿈의 온천을 말이야!"

젠이츠가 두 눈을 반짝반짝 빛내면서 또랑또랑 큰 소리로 이노스케를 꼬셨다.

이노스케는 말이 없었다.

너무 티 나는 거짓말이었나 하고 순간 걱정했지만, 이내,

"파고, 파고, 또 판다! 츄이츠! 이 몸을 따르라!!"

기합이 잔뜩 들어간 이노스케의 외침이 늦은 오후의 산속에 믿음직스럽게 울려 퍼졌다.

이노스케의 '육감'에 젠이츠의 '소리'.

그 두 가지를 갖췄어도 온천을 찾아내기란 쉬운 일이 아니

었다.

그도 그럴 것이 우즈이가 훈련장으로 삼은 산은 의외로 넓고 험준했다. 게다가 느낌이 오는 장소를 찾아내더라도 꽤나 깊이 파지 않는 한 온천은 솟아 나지 않는다.

심지어 땅파기 작업까지 다 하고도 번번이 실패로 돌아가니 벌써부터 의지가 꺾이려 했다.

"어떻게 된 거야?! 아무것도 없잖아!"

"어쩌겠어…. 나도 온천을 파는 건 처음이라고."

"키익~~~~!!"

"성질부리지 마. 네 심정은 이해하지만…."

벌써 몇 번이나 쓸데없는 구덩이를 팠던가….

이윽고 산이 새빨갛게 물들고, 눈 깜짝할 사이에 밤의 장막이 드리우자 젠이츠는 진심으로 좌절하고 싶어졌다.

그때,

"이봐! 아가츠마~! 어딨어?"

"응? 저건 무라타 씨 목소리야."

귀에 익은 목소리를 듣고 젠이츠가 일어섰다.

소리가 들리는 어둠 쪽으로 양팔을 크게 흔들자, 커다란 보따리를 안은 무라타와 다른 대원 두 명이 이쪽을 향해 손을 흔들어 화답했다.

"아까는 미안했어."

"전(前) 음주님이 무서워서 그만⋯."

"자, 몰래 저녁밥 가져왔어. 이거 먹고 기운 내."

"무라타 씨⋯. 모두들."

젠이츠가 코를 훌쩍였다.

보따리 안에는 제법 큼지막한 주먹밥이 10개 들어 있었다.

"시원한 물도 있어." "⋯으흑."

대나무 물통을 건네받고 감격한 나머지 울음을 터트렸다.

아까는 '말로는 네 편이니, 힘내라고 하더니만 부리나케 도망쳤겠다? 이 박정한 자식들. 지옥에나 떨어져라.'라고 속으로 욕했지만, 본성은 착한 사람들이었다.

감사한 마음으로 주먹밥을 먹었다. 엉성하게 빚어서 밥풀이 부스러지고 매우 짰지만, 피로에 지친 몸에는 딱 좋았다.

이노스케는 아예 한 번에 2개씩 입에 욱여넣었다.

"아~ 주먹밥 맛있다."

주먹밥 옆에 무장아찌와 메뚜기 조림을 넉넉히 담아 온 것도 기뻤다.

"그런데 이걸 무슨 수로 몰래 가져왔어요?"

"아… 이건 스마 씨한테 부탁했어. 그 사람이 제일 부탁하기 쉬웠으니까."

스마는 살짝 덜렁대는 구석이 귀여운 온화한 분위기의 여성이다.

"자, 먹어. 먹고 기력 충전해. 그 양반이 무슨 일을 시켰는지는 모르겠지만 말이야. 일단은 배가 든든해야 뭘 하든 말든 하지."

"…정말로 고맙습니다."

젠이츠가 다시 한번 감사의 말을 전했다.

"에이, 뭘."

"우리는 동료잖아."

"예쁜 부인이 셋이나 있는 전 주 따위한테 지지 마."

마음씨 착한 선배들은 한동안 대화를 나눈 뒤에 돌아갔다.

세 사람이 돌아간 이후에도 젠이츠는 한동안 감동에 젖어 있었다.

그리고 주먹밥 1개째를 다 먹은 다음 마지막 1개로 손을 뻗었다.

그러자 이미 나머지 8개를 먹어치웠을 이노스케 쪽에서,

꾸르르르르르르르르르르르르르르르르르르륵~!

꼭 땅울림 같은 소리가 났다. 젠이츠가 저도 모르게 동작을 멈췄다.

"넌 그만큼 먹고도 아직 배고파?"

어이없다는 투로 물으면서도,

"그럼, 그것도 먹어. 나는 이따가 혼욕… 온천을 즐길 게 기대돼서 식욕은 그다지 없으니까."

전에 없이 넓은 아량을 베풀었다.

그러나 이노스케의 반응이 미묘했다.

"뭐라는 거야? 내가 낸 소리가 아냐."

"어…? 그치만 방금 그 소리는."

젠이츠가 고개를 갸웃거렸다.

그르르르르르르르르르르르르르르르르르르르릉….

이번에는 또렷하게, 이노스케의 등 뒤에서 들렸다.

"서… 설마… 이건."

젠이츠가 조심조심 눈을 돌렸다.

컴컴한 숲 안쪽에 거대한 곰이 서 있었다.

한쪽 눈에 오래된 흉터가 있는 그 곰은 보통 곰들보다 족히 2배는 컸다. 양쪽 입가에서 폭포수 같은 침이 흘러내렸다.

"끄아아아아아아아아아아아아아아아아아악!!!"

"진정해! 이런 곰탱이쯤, 이 몸께서 바로 해치워 주마!!"

믿음직한 친구의 말도 혼비백산한 젠이츠에게는 들리지 않았다.

"마마마마, 맛없어!! 틀림없이 맛없을 거야! 나는! 아니, 진짜로! 이노스케도 근육밖에 없으니 질겨서 맛없을 테니까! 꺄

아악!!"

　근처에 있던 나무 위로 거의 뛰는 듯이 올라갔다.

　"한이츠! 그 나무는…."

　"어?"

　거대한 곰과 씨름하던 이노스케가 소리쳤다.

　퍼뜩 정신을 차린 젠이츠가 "이, 이 나무가 왜?"라고 황급히 물어본 순간, 시야가 크게 흔들렸다.

　"안쪽이 썩었어."

　"좀 빨리 말하라고!! 그런 거어어어어어어어언!!!"

　젠이츠가 울면서 나무와 함께 쓰러졌다.

　"아야야야야…!"

　어깨를 감싸고 일어난 젠이츠의 귓가에 이번에는,

　부우우우우우우우우우우우우우웅….

　굉장히 소름 끼치는 소리가 들려왔다. 틀림없이 날갯소리다. 어느 곤충의.

　"……."

젠이츠가 조심스레 소리가 나는 쪽을 쳐다봤다.

쓰러진 나무줄기에 거대한 벌집이 있었다.

몇 만 마리는 될 성난 말벌이 그 안에서 쏟아져 나왔다.

"끄악, 끄악, 끄아아아아아아아아아아아악!!!"

젠이츠가 절규하든 말든,

"곰탱이를 쓰러트리면 그쪽도 도와줄 테니까 한 마리씩 죽여!"

"너 바보냐?! 말벌인데? 쏘이면 죽어! 죽는다고!!"

"수벌한테는 독이 없어. 그러니까 암벌을 먼저 해치워. 뭐, 수벌은 거의 없지만 말이야."

"어떤 게 암벌인지 어떻게 알아! 아는 놈이 이상하지~!!"

혼신의 딴죽을 걸기가 무섭게 때마침 곰을 던져 버린 이노스케의 팔을 덥석 잡은 젠이츠는 꽁지가 빠지게 그 자리를 떠났다.

✦

"하아 하아 하아 하아…. 아 진짜…. 아 진짜, 죽는 줄 알았어, 진심으로 죽는 줄 알았어, 살아 있어서 다행이다, 네즈코

정말로 고마워, 날 지켜 줘서 고마워."

대체 무슨 정신이었는지 모를 정도로 한참 동안 한밤의 산
길을 달려서 마침내 곰과 벌떼의 맹추격으로부터 도망친 젠이
츠는 거친 숨을 몰아쉬면서 땅바닥에 웅크려 앉았다.

그런 젠이츠에게 이노스케가 덤벼들었다.

"야, 나는 왜 끌고 온 거야?"

'적을 앞에 두고 도망'이라는 행동이 그의 긍지에 큰 상처를
입혔으리라. 화가 머리 끝까지 난 이노스케는 당장이라도 젠
이츠에게 달려들 기세였다.

"나라면 곰도 벌도 쓰러트렸어! 쓸데없이 방해하지 마!"

"아~ 그러세요? 확실히 너라면 해치울 수 있었겠지. 산의
왕이니까. 하지만 그건 말벌이었고 나무를 쓰러트린 사람은
나인걸. 나 때문에 네가 다치거나 죽기라도 하면 싫잖아, 안
그래?"

"……."

"그래서 데리고 도망친 거야. 그래, 그래, 내가 잘못했어.
생각이 모자란 놈이라 죄송하게 됐수다."

젠이츠가 화낼 테면 화내라는 듯이 말하자 어째선지 이노스

케의 항의가 딱 멈췄다.

그리고 잠깐의 정적이 지난 후에,

"날 해롱해롱하게 만들지 마! 이 겁쟁이!!"

라며 이번에는 영문 모를 이유로 화를 내기 시작했다.

"소지로도 그렇고 네놈도 그렇고, 틈만 나면 날 해롱해롱하게 만들지! 다음에 또 그러면 죽여 버리겠어!" "뭐어~?"

신기한 것은 이노스케에게서 들려오는 '소리'가 결코 진심으로 화내는 소리가 아니라는 점이다.

당황한 듯한 그 소리는 불안정하고 묘하게 유치하면서도 매우 완고했다.

'얘 진짜 왜 이래? 성가신 녀석이라니까⋯.'

젠이츠는 기운이 쭉 빠졌다.

탄지로가 이 자리에 있다면 이럴 때 이노스케를 잘 달래 줬을 텐데.

이제는 만사가 귀찮아져서 땅바닥에 벌러덩 누웠다.

나뭇가지 사이로 수많은 별들이 보였다.

탄지로는 어떡하고 있을까. 그 이후로 몸은 조금이라도 회복됐을까?

'온몸의 뼈가 부러질 때까지 싸웠다고 했지⋯. 그 녀석은 정

말 대단해.'

만약 온천을 파내면 탄지로의 부상에도 효과가 있을까?

그렇다면 온천욕을 즐기게 해 주고 싶다.

멍하니 그런 생각을 하고 있자, 희미한 물소리 같은 것이 들려왔다.

벌떡 일어난 젠이츠가 온 신경을 귀에 집중시켜서 청각을 곤두세웠다.

틀림없다.

여기서 약간 떨어진 곳의 지하에 뭔가가 잠들어 있다.

'이건….'

젠이츠가 이노스케를 쳐다봤다.

그 시선을 받은 이노스케는 태연하게 끄덕였다.

"눈치챘냐, 몬이츠."

"이, 이노스케… 저건 설마."

젠이츠의 목소리가 기대감에 높아졌다.

"난 너보다 먼저 알아차렸어."

이노스케가 멧돼지 머리를 뒤로 젖히며 의기양양하게 말했다.

✤

"호오~ 너희, 제법인데?"

우즈이가 지상에 샘솟은 온천을 보며 평소와 달리 매우 기분 좋은 목소리로 흙투성이가 된 두 사람의 노고를 치하했다.

온천치고는 비교적 얕기는 하나 제법 깊이 땅을 파내려간 젠이츠와 이노스케는 그야말로 시궁쥐 같은 형상이었다.

이미 동쪽 하늘이 밝아오기 시작했다.

"아주 잘했다."

"헤에, 대단하다~ 온천을 찾아서 파내다니."

"얼마 만의 온천이지?"

"우와~ 텐겐 님, 다 같이 들어가요!! 네?!"

우즈이의 세 아내인 마키오, 히나츠루, 스마가 흥겹게 재잘거렸다. 온천이라면 사족을 못 쓴다는 말은 사실이었는지, 금방이라도 옷을 벗고 물속에 들어갈 듯한 기세였다.

'마침내… 마침내 미녀 여닌자 세 명과 혼욕….'

젠이츠의 심박수가 빨라졌다. 긴장을 풀면 흥분한 나머지

코피가 뿜어져 나올 것 같았다.

"내가 제일 먼저 들어갈 거야!"

이노스케가 일동을 향해 큰 소리로 선언했다.

"그래서 강해진 다음에 널 쓰러트리겠어! 축제의 신!"

"뭐? 강해져? 뭐라는 거야, 넌?" 갑자기 괴상한 자세를 취한 이노스케가 손가락으로 자신을 척 가리키자 우즈이는 어리둥절한 표정을 지었다. "머리 괜찮냐?"

"너야말로 무슨 소리야? 온천에 들어가면 강해지잖아."

"뭐?"

계속 '혼욕 타령'을 하며 들떠 있던 젠이츠가 이노스케와 우즈이의 대화를 듣고 순식간에 창백해졌다.

'온천에 들어가면 강해질 수 있다'는 말로 이노스케를 속여서 협력하게 만든 것을 까맣게 잊고 있었다.

"아니, 그 얘기는 일단 제쳐 두고… 모처럼이니까 다 같이 온천에…."

은근슬쩍 화제를 바꾸려고 끼어들었지만, 우즈이가 마지막 결정타를 날렸다.

"온천에 들어간다고 강해질 리가 없잖아. 뇌가 폭발했냐?"

"……."

'으악… 말해 버렸다! 딱 잘라 말해 버렸어, 이 아저씨! 분위기 파악 좀 하라고!'

젠이츠가 머리를 감싸쥐었다.

이노스케의 반응은 어떤가 하면, 말없이 그 자리에 얼어붙었다.

"이… 이, 이노스케?"

조심조심 친구의 이름을 부른 순간, 멧돼지의 눈알이 희번덕 빛을 발했다.

"히이이익!!"

"…네놈… 설마 이 몸한테 거짓말은 한 건 아니겠지?"

"힉! 아, 아니야…!"

이제까지 중 최고로 노기를 띤 목소리에 젠이츠가 쩔쩔맸다.

"만약 그렇다면 이 자리에서 죽여 버리겠어."

"아니라니까! 이노스케! 왜 그런 말을 했냐면 바다보다도 깊은 사정이…."

새파랗게 질린 젠이츠가 식은땀을 흘리며 뒷걸음질 쳤다.

그리고 발바닥이 주르륵 미끄러졌다.

"이봐, 젠이츠. 지금 네가 밟은 산 이끼는 온천물에 젖어서

위험해."

우즈이의 목소리가 몹시 아득하게 들렸다.

이어서 젠이츠의 시야가 크게 흔들렸다.

그대로 뒤로 벌러덩 나자빠진 젠이츠는 운 나쁘게도 쓰러진
위치에 있던 바위에 머리를 부딪쳐서 정신을 잃었다….

"이게 온천이로군. 목욕탕보다 훨씬 기분 좋네."

어깨까지 온천수에 담근 이노스케는 젠이츠에게 그토록 무
섭게 화냈던 일도 싹 잊은 채 완전히 온천을 만끽 중이었다.

"너무 오래 들어가 있으면 현기증 난다."

먼저 물에서 나온 우즈이가 말을 걸자,

"시끄러워! 이 몸한테 이래라저래라 하지 마."

그렇게 말하며 첨벙첨벙 헤엄치기 시작했다.

"저 자식."

쯧쯧 하고 혀를 찼지만, 히나츠루의 눈에 비친 남편은 그다

지 화나 보이지 않았다.

"여어, 히나츠루. 그 멍청이는 좀 어때?"

"아직 의식이 안 돌아오네요. 머리를 부딪쳤으니 일단은 여기서 용태를 지켜볼까 해요."

바닥에 눕혀진 젠이츠는 아직도 기절 상태였다. 이따금 "혼욕…."이라고 신음하는 게 동정심을 절로 자아냈다.

"마키오랑 스마는?"

"대원들의 아침을 준비하러 돌아갔어요. 온천은 밤에라도 다시 즐기러 오겠다고 했습니다. 텐겐 님도 슬슬…."

"그래."

히나츠루가 넌지시 재촉하자 텐겐은 가볍게 고개를 끄덕이고는 온천에서 물놀이를 하느라 정신없는 이노스케 쪽으로 시선을 다시 돌렸다.

"나는 쓰레기들을 훈련시키러 돌아가겠다만, 멧돼지 네놈은 그만 다음 훈련장으로 가라. 그때는 이 바보도 데려가고."

"여길 떠나는 건 널 이긴 다음이야! 축제의 신!"

"하! 100억만 년은 일러."

우즈이가 코웃음을 쳤다.

히나츠루는 젠이츠의 이마에 맺힌 땀을 차가운 손수건으로

닦아 주면서 남편의 단정한 옆얼굴을 바라봤다.

기분이 좋은 건 단순히 온천욕을 즐겼기 때문만은 아니리라.

"텐겐 님."이라고 부르자 남편이 다정한 얼굴로 뒤돌아봤다.

"왜? 히나츠루."

"사실 온천은 핑계였고, 이 아이의 기초 체력을 끌어올리는 것이 목적이셨던 건 아닌가요?"

당연히 부정할 줄 알았던 남편은 뜻밖에도 선선히 "뭐, 그렇지."라고 인정했다.

그 반응에 깜짝 놀랐다.

히나츠루가 아는 우즈이는 적어도 이럴 때 솔직하게 긍정하는 남자가 아니었다.

"이 바보는 틈만 나면 땡땡이를 치려고 하니까 말이야. 저 멧돼지가 동참해서 도와준 건 예상 밖이었지만, 의외로 괜찮은 짝꿍인걸?"

히나츠루는 신나서 이야기하는 남편을 생면부지인 남자를 보듯 바라봤다.

'이 녀석들은 셋 다 우수한 나의 '츠구코'다!!'

유곽의 뒷골목에서 들은 남편의 말을 떠올렸다.

왠지 그때는 울고 싶은 기분이 들었다.

한쪽 팔과 한쪽 눈을 잃고 주 자리에서 물러난 남편은 이제까지 단 한 번도 자신의 모든 기술을 물려줄 츠구코를 두지 않았다.

닌자의 운명을 타고 태어나 사람을 구하기 위해, 도깨비를 베고 또 베어 온 남편의 마지막 싸움을 함께한 이들이 이 소년들이라서 정말 다행이었다고 생각한다.

"이 아이들이… 정말로 텐겐 님의 츠구코였다면."

무의식중에 그렇게 중얼거렸다. 남편은 조금 놀란 듯이 이쪽을 바라보다가 피식 하고 작게 웃었다.

대체 무슨 소리를 하느냐고 묻는 듯한 그 미소에 히나츠루는 가슴 안쪽이 아련히 죄어 오는 것을 느꼈다.

"난 다른 사람을 길러 낼 만한 대단한 인간이 아냐. 렌고쿠나 코쵸우하고는 다르지."

남편의 목소리는 자상하면서도 어딘가 쓸쓸했다.

'텐겐 님….'

때때로 드는 생각이지만, 이 사람은 사실 무척이나 섬세한 사람이 아닐까.

닌자로 자라지 않았다면. 어릴 때부터 사람을 죽이는 일을 강요받지 않았다면. 평범한 사람으로서, 햇빛이 비치는 곳에서 살아갈 수 있었다면….

진정 이 사람은 분명히 다정한 사람이다.

'당신은 지금 길러 내려고 하잖아요….'

한때 함께 싸웠던 소년들을.

자기 나름의 방식으로 훈련시켜서 앞으로 더욱 치열해질 싸움에서 살아남을 수 있도록 도와주고 있지 않은가.

그렇게 생각하면서도 히나츠루는 그 속내를 남편에게 말하지 않았다.

마지막 임무를 떠나기 전, 그 불타는 듯한 저녁노을 아래에서 맹세를 나눴다.

모든 일이 끝나면, 햇빛이 비치는 곳에서 사람으로 살자고.

그때, 이 중의 누군가가 함께하지 못하더라도 서로 원망하기 없다고.

그러나 이렇게 모두가 살아남을 수 있었다.

그것만으로 이미 충분했다.

"어이, 너. 딱 봐도 현기증 났구만 여태 거기서 뭐 해? 냉큼 나와, 멍청아!"

"시끄러…. 말했잖아, 나한테… 이래라저래라 하지 마…."

"…으으… 혼욕… 나의… 혼욕이…."

어이없어하는 남편의 말에 삶은 문어처럼 익어 버린 이노스케가 끙끙 앓으면서 대꾸하고, 젠이츠까지 기절한 와중에 잠꼬대를 했다.

"아~ 정말 귀찮아 죽겠어, 네놈들은. 얼른 토키토한테 가 버려!"

'후후….'

히나츠루는 조용히 미소 지으면서 눈을 감았다.

그 감은 눈 안쪽으로 한층 늠름하게 성장한 세 명의 소년과

그 옆에서 여유롭게 시비를 거는 남편의 미소가 보인 것 같았
다.

제 **3** 화
칸로지 미츠리의
비밀

처음 만났을 때, 어쩜 이렇게 예쁜 아이가 다 있을까 싶었다.

새하얀 피부에 맑디 맑은 제비꽃 색 눈동자.

놀라울 정도로 가냘프고 가련한 체구.

누구에게나 차별 없이 상냥한 성격.

하지만 도깨비를 죽이는 독을 만들 줄도 안다.

강하고 현명하고 귀엽고 늠름한… 아주 멋진 여자아이.

친해졌으면 좋겠다. 같은 여자끼리니까, 수다도 잔뜩 떨었으면 좋겠다고….

그래서 우연히 그 이야기를 들었을 때, 머릿속이 새하얘져서 아무것도 생각할 수 없어졌다.

"코쿄우 님은 눈앞에서 도깨비에게 양친을 잃었으니까요. 게다가 언니인 카나에 님까지… 그런 형태로…."

아아….

몰랐어.

시노부. 난 몰랐어.

"있잖아, 나는 백년해로할 남자를 찾기 위해서 귀살대에 들어왔어. 역시 자기보다 강한 사람이 좋잖아? 여자라면 보호받고 싶으니까. 시노부도 그렇지 않니?"

알았다면 그런 얘기는 차마 못 했을 거야.

그런 시답잖은 이유.

시노부의 과거를 알았다면, 절대로 말하지 못했을 거야.

아아, 난 왜 이렇게 멍청하지?

그 이야기를 했을 때, 시노부는 어떤 기분이었을까?

살짝 놀란 얼굴이었다가 평소랑 같은 표정으로 돌아와서는 "글쎄요…. 저는 잘 모르겠네요." "칸로지 씨라면 틀림없이 멋진 상대가 나타날 거예요."라고 말하면서 웃어 줬지만.

분명, 굉장히 기분 나빴겠지.

불쾌했을 거야.

이런 어이없는 녀석이랑 같이 있기 싫다고 생각했을까?

있지, 시노부….

나는.

나는 말이야….

"칸로지 씨의 상태가 이상하다고요?"

코쵸우 시노부는 불쑥 찾아온 동료를 앞에 두고 고개를 갸웃거렸다.

여기는 충주인 그녀가 지내는 나비 저택 내의 진찰실이다. 도깨비에게 효과적인 독을 개발하는 한편, 전투 중 부상당한 대원을 치료하고 간호하는 장소이기도 하다.

그러므로 이곳을 방문하는 이는 대부분 부상자들이다.

그러나 생채기 하나 없이 찾아온 동료, 이구로 오바나이는 만나자마자 진지한 얼굴로, 연주 칸로지 미츠리를 걱정하기 시작했다.

"어떻게 이상한데요?"

"모든 게 다. 하나도 빠짐없이 이상해. 넌 눈치 못 챘어?"

시노부의 물음에 이구로가 못마땅한 눈빛으로 이쪽을 쳐다봤다.

짜기라도 한 것처럼 목에 두른 뱀이 기다란 혀를 낼름 내밀었다. 사주인 그의 애견 아닌 애사(愛蛇) 카부라마루였다.

"음 어디 보자…." 시노부가 자신의 윗입술 주변을 검지로 살짝 훑었다.

가장 최근에 열렸던 주합회의에서의 모습을 떠올려 봤지만….

"딱히 모르겠어요."

"네 눈은 어디에 달렸어? 그 쓸데없이 큰 눈은 옹이구멍이냐? 장식으로 달아놓은 거야?"

끈덕진 말투로 응수한 후 이구로가 성대한 한숨을 푹 쉬었다.

자기는 이구로처럼 미츠리와 수시로 편지를 주고받진 않는다고 따지고 싶은 것을 꾹 참고,

"그것참 죄송하게 됐네요."

시노부가 웃는 얼굴로 사죄했다.

도깨비가 활동하지 못하는 대낮이라고는 하나 중책을 맡은 주들은 바쁘기 그지없다. 그걸 뒷전으로 미루면서까지 찾아왔으니 단순한 호기심 때문은 아닐 것이다.

이래 봬도 이구로는 동료를 향한 애정이 주들 중에서 특히나 각별했다.

"이구로 씨의 개인적인 느낌도 괜찮으니까 칸로지 씨의 어디가 이상했는지 알려 주시겠어요?"

시노부가 재차 묻자 이구로는 진지한 얼굴로 고개를 끄덕였다.

그리고….

"50개야."

"네?"

"평소라면 100개는 먹을 경단을 50개밖에 안 먹었어. 이제 좀 알겠냐? 50개라고. 그 칸로지가, 죽고 못 사는 경단을."

"……."

이구로가 정면에서 핏발이 선 두 눈으로 응시하자 시노부가 무심결에 뒷걸음질을 쳤다.

반대로 이구로는 몸을 앞으로 쭉 내밀었다.

"게다가 내 편지에 대한 답장이 이상하게 냉담해. 지나치게

간결하고 서먹서먹함까지 느껴져. 어째서지? 이상해. 모든 것이 다 이상해."

"아오이, 이구로 씨가 돌아가신대요."

이구로에게서 빙그르 등을 돌린 시노부가 진찰실 밖을 향해 소리쳤다. "이구로 씨, 돌아가실 문은 저쪽이에요."

"그뿐만이 아니야."

이구로가 시노부의 빈정거림도 개의치 않고 이야기를 계속했다. "지난번 주합회의 때 칸로지는 주들 중 그 누구의 눈도 쳐다보려 하지 않았어. 주뿐만이 아니야. 큰 어르신의 눈도."

시노부가 놀란 얼굴로 동료를 되돌아봤다.

주라면 누구나 큰 어르신 우부야시키 카가야를 존경하고 진심으로 흠모한다. 미츠리도 예외는 아니어서 큰 어르신에게 심취해 있다. 시노부가 아는 한 미츠리는 큰 어르신의 결정을 거역한 적이 없었다. 이 세상 그 무엇보다도 큰 어르신을 가장 중요하게 생각했다.

그런 큰 어르신조차 똑바로 바라보지 않았다는 건 아무래도 좀 이상했다.

"회의가 끝난 후에도 칸로지가 떨어트린 손수건을 토키토가 주웠다는데, 말을 걸려고 하니까 천장께까지 펄쩍 뛰어오르더니 도망치듯이 저택을 떠나 버렸다나 봐."

"확실히 이상하네요."

평소의 미츠리라면 찌잉 하고 가슴이 설레서는 '고마워~ 무이치로.'라고 솔직하게 감사의 뜻을 전했을 것이다.

"칸로지 씨의 상태가 이상함을 알아챈 건 그때가 처음인가요?"

"아니, 그보다 12일 정도 전부터 이미 이상했어."

정확한 날짜가 바로 나오는 점 등 딴죽을 걸고 싶은 부분이 한두 곳이 아니었지만, 이구로의 말대로라면 이미 보름 가까이 상태가 이상하다는 뜻이 된다.

이쯤 되니 걱정이 되었다.

"몸에 문제가 생겼는지도 몰라. 나도 넌지시 본인한테 물어보겠지만, 너도 신경 좀 써 줘. 알겠지, 코쵸우?"

이구로는 그렇게 말을 마치고 시노부가 고개를 끄덕인 것을 확인한 다음 볼일은 다 마쳤다는 듯이 후다닥 돌아가 버렸다.

홀로 남겨진 시노부는 진찰실 의자에 앉았다.

굳이 찾아올 필요 없이 편지를 써서 꺾쇠 까마귀에게 배달시키면 됐을 용건이었다. 그만큼 미츠리를 걱정한다고 생각하면 흐뭇하기도 하지만….

"…나 원. 이구로 씨는 칸로지 씨랑 관련된 일이면 어이없을 정도로 요령이 없어지는군요."

등받이에 몸을 기대면서 시노부가 작게 한숨을 쉬었다.

유일하게 성별이 같은 주인 칸로지 미츠리의 사랑스러운 얼굴을 머릿속에 떠올렸다.

"시노부, 시노부."

구김살 없는 미소로, 마치 아기 고양이처럼 자신을 잘 따르는 연상의 사람.

시노부는 머릿속에 떠오른 그 모습에 살포시 눈웃음을 지었다.

창밖에서는 세차게 부는 바람이 나뭇잎만 남은 벚나무 가지를 연신 흔들어 댔다.

얇고 유연한 칼이 마치 살아 있는 것처럼 밤의 어둠을 가로

질렀다.

"사랑의 호흡 제1형. 첫사랑의 떨림!"

크게 휘어진 칼이 거대한 도깨비의 살점을 눈으로 따라갈
수 없는 속도로 베어 냈다.

도깨비의 목이 땅바닥을 데굴데굴 구르자 미츠리는 작게 한
숨을 내뱉었다. 평소와 달리 자신의 몸이 왠지 무겁게 느껴졌
다.

칼도 잘 들지 않았던 것 같다.

머릿속에 안개가 낀 것처럼 개운치 않았다.

"감사합니다… 감사합니다."

구해 준 남녀 중 남자 쪽이 몇 번이나 고개를 숙이는 옆에서
여자가 떨면서 미츠리에게 물었다.

"괘, 괜찮으세요?"

"응? 뭐가?"

"그게… 부상을…."

"나는 부상 같은 거….."

여자의 시선이 자신의 뺨에 고정된 것을 알아챈 미츠리는 왼손 손등으로 그곳을 가볍게 문질렀다. 손등에는 피가 묻어났다.

그걸 보고 나서야 마침내 자신이 전투 중 다쳤음을 깨달았다.

"저희를 위해서… 저희를 감싸신 탓에."

"정말로, 정말로 감사합니다…."

여자는 울면서 사과하고 남자는 다시 한번 고개를 숙여 인사했다. 미츠리는 황급히 양손을 좌우로 흔들었다.

"아아, 너무 걱정하지 마. 이런 건 아무렇지도 않으니까. 놀라게 해서 미안해. 그보다 당신들이 무사해서 다행이야."

그렇게 말하고 방긋 웃자 남자가 갑자기 울먹였다.

"사실 아내의 배 속에는 아기가 있어요."

"어머… 정말? 아기가 있어?"

놀란 미츠리가 여자를 쳐다보자 그녀는 마침내 미소를 지어 보였다. 눈물로 젖은 뺨으로 수줍게 웃었다.

"앞으로 3달 뒤면 태어나요."

그렇게 말하는 여자의 하복부는 확실히 둥글게 부풀어 있었다.

"그렇구나, 축하해. 몸조심하고."

"당신은 저희 가족의 은인이에요. 정말 감사했습니다."

남자가 벌써 몇 번째일지 모를 감사의 말을 전한 뒤 젊은 부부는 다정하게 바싹 붙어서 밤길을 걸어갔다.

미츠리는 두 사람의 모습이 사라질 때까지 배웅하면서 문득 자신의 왼쪽 가슴으로 손을 가져갔다.

심장이 두근두근 뛰었다.

만약 자신의 뺨을 벤 도깨비의 공격이 그녀의 하복부에 명중했다면….

상상한 순간 등골이 오싹해졌다.

특별히 약한 도깨비는 아니었다. 그러나 과하게 강한 도깨비도 결코 아니었다. 평소의 자신이라면 긁힌 상처 하나 입지 않고 구할 수 있었을 터였다.

'그랬다면 홑몸이 아닌 사람한테 그렇게 걱정을 끼치지 않아도 됐는데….'

축축한 밤바람이 뺨을 어루만졌다. 미츠리는 손가락으로 상처 부위를 살며시 훑었다.

통증은 거의 없었다.

그러나 톡 벌어진 상처를 통해 중요한 뭔가가 주르륵 넘쳐 흐르는 듯한 기분이 들어서 견딜 수 없었다.

"후우…."

야간 경비를 마친 미츠리는 눈부시게 쏟아지는 햇빛을 받으면서 몹시 무거운 몸을 질질 끌 듯이 길거리를 걸어갔다.

단골 식당에 들어가 튀김덮밥과 소바, 거기에 추가로 생선구이와 쌀밥, 된장국을 주문했다.

아침부터 먹기에는 상당히 많은 감도 들지만, 평소의 미츠리에게는 10분의 1 정도 되는 양이었다.

얼마 후에 점원이 가져온 차를 멍하니 홀짝였다.

또다시 한숨이 새어 나왔다.

그 이후로 자기 자신을 열심히 억눌러서 아무한테나 설레지 않도록 자제하는 중이었다.

단적으로 말하자면 연심을 봉인한 것이다. 백년해로할 남성을 찾기 위함이라는 불순한 이유로 입대한 것을 반성하는 뜻에서 매일 두근거림을 금지한 채 임무 수행에 집중했다.

그러나 그런 그녀를 비웃기라도 하듯, 미츠리의 마음을 괜히 설레게 만드는 일들만 연이어 일어났다.

'어째서일까…. 하필이면 이럴 때에.'

타이밍이 하도 나쁘다 보니 이제는 울고 싶어졌다.

그중에서도 지난번 주합회의가 특히 최악이었다.

비를 피하려고 들어간 곳에서 우연히 마주친 염주 렌고쿠 쿄쥬로는 "감기 걸리겠다! 이걸 걸치도록 해!! 칸로지!"라며 자신의 겉옷을 벗어 주질 않나. 암주 히메지마 교메이가 남몰래 "나무(南無). 고양이, 귀여워…."라고 중얼거리며 아기 고양이를 안고 있는 의외로 사랑스러운 모습을 목격해 버렸고. 버려진 듯한 강아지에게 남의 눈을 피해서 먹이를 주던 풍주 시나즈가와 사네미와 조우해 버렸으며. 툇마루에서 선잠에 빠진 수주 토미오카 기유가 꾸벅거리는 모습을 보고 만 데다. 우즈이는 다리가 풀려서 넘어질 뻔한 자신을 "위험하잖아. 밋밋하게 넘어지지 마."라는 말과 함께 껴안아 부축해 줬고. 이구로는 새로 생긴 우동 가게에 함께 가자고 해 줬다.

무심코 찌잉… 하고 빠르게 뛰려 하는 심장을 억누르는 것만으로도 핼쑥하게 지쳐 버린 미츠리였다.

…급기야,

"미츠리, 뭔가 걱정거리라도 있는 게 아니니? 나라도 괜찮다면 이야기해 다오."

'큰 어르신에게까지 걱정을 끼치고…. 돌아가는 길에 무이치로가 말을 걸어 줬는데도 후다닥 도망쳐 버렸어.'

최악이다.

시노부는 너무 긴장된 나머지 얼굴을 쳐다보지도 못했다.

'대체 뭐 하는 거지… 나는?'

결국에는 십이귀월도 아닌 상대에게 부상을 당하고 말았다.

어깨를 축 늘어뜨린 미츠리는 점원이 가져다준 튀김덮밥을 깨작깨작 먹기 시작했다.

'정말 이래도 괜찮을까?'

멍하니 고민하고 있으니 젓가락으로 집어든 튀김이 밥그릇 안으로 툭 떨어졌다.

밥그릇에는 쌀밥이 아직 3분의 2나 남아 있었다.

배는 분명히 고픈데도 먹고 싶다는 마음이 들지 않았다. 오히려 무엇을 먹어도 모래를 씹는 것 같아서 맛이 없었다.

이런 적은 생애 첫 맞선이 성대하게 깨진 이후로 처음이었다.

"칸로지 씨는 보통 사람들과 같은 체형이라도 근육은 8배나 많아요. 즉, 근육의 밀도가 높답니다."

그렇게 가르쳐 준 사람은 다른 누구도 아닌 시노부였다.

"그러니까 식사를 많이 드셔야 해요. 근육이 많은 사람은 기초대사가 높아요. 적어도 남들의 8배는 드셔 주세요."

"그치만 여자애인데…. 그렇게 잔뜩 먹으면 그… 기분 나쁘지 않아? 남들이 싫어하지 않을까?"

"칸로지 씨에게 필요한 영양분을 섭취하지 말라고 하는 사람한테 뭐 하러 어울려 주나요. 그런 녀석은 이렇게 하면 돼요."

그렇게 말하고는 사랑스러운 미소를 지은 채, 보이지 않는 상대를 주먹으로 때리는 시늉을 했다.

"아셨죠?"

"시노부도 참…."

그 말과 미소에 얼마나 마음이 편해졌던가.

시노부와 이야기하고 며칠 후에 이구로와 식사를 하러 갔다. 눈치를 보면서 먹고 싶은 음식을 주문했다. 주들 중에서 제일 입이 짧은 그는 차와 함께 아주 약간의 음식만 먹을 뿐이었지만, 미츠리의 식사량에 훈수를 두지 않았다. 오히려 "이것도 먹어."라며 추가로 음식을 주문해 주기까지 했다.

노출이 많은 대원복을 창피해하면서도 시노부처럼 봉제 담당이 보는 앞에서 불태워 버리지도 못하는 미츠리에게 아무런 생색도 내지 않고 긴 줄무늬 양말을 선뜻 내밀어 준 자도 그였다.

"칸로지, 역시 여기 있었구나."

귀에 익은 목소리에 놀라서 고개를 들자 바로 지금 머릿속에 떠올렸던 이구로의 모습이 있었다. 미츠리는 화들짝 놀랐다.

"이, 이구로 씨?! 여기는 왜?!"

"하고 싶은 이야기가 있어서 찾아다녔어."

이구로는 당연한 듯이 미츠리 앞자리에 앉더니 어째선지 인상을 꽉 썼다.

"칸로지, 어떻게 된 거야? 그건…."

"어?" 저도 모르게 손에 든 밥그릇을 허둥지둥 쳐다봤다. "나, 혹시 밥풀 흘렸어?"

아니면 먹는 모양새가 지저분했나? 설마 입가에 밥풀을 묻혔다거나….

갈팡질팡하는 미츠리였으나, 이구로가 지적한 부분은 전혀 다른 것이었다.

그의 목소리가 절대 0도보다도 차갑게 낮아졌다.

"왜 네 뺨에 상처가 있지?"

"아! 이거? 이건 어제 경비 중에… 방심하는 바람에…."

우물쭈물 대답하자 이구로의 두 눈이 순식간에 치켜 올라갔다.

평소 굳이 따지자면 냉정 침착한 동료의 이다지도 험악한 얼굴을 보는 건 처음이었다. 미츠리가 식은땀을 흘렸다.

'화났어. 주가 되어서 십이귀월도 아닌 도깨비한테 이런 부상을 입기나 하고 칠칠치 못하다고…. 어떡하지? 나한테서 정이 뚝 떨어졌으려나…?'

몸을 최대한 작게 웅크리고 있는데 이구로가 벌떡 일어났

다.

"어디 있어?" "꺄악!"

미츠리가 반사적으로 어깨를 움츠렸다.

"그 쓰레기는 어디 있지?"

"뭐?"

"칸로지의 장밋빛 뺨에 흠집을 낸 쓰레기 말이야."

"어… 아, 도깨비라면…."

쓰러트렸다고 말하려는 미츠리의 말을 가로막듯이, 이구로가 원한이 서린 목소리로 신음했다. "그 쓰레기는 죽어야 마땅해. 지금부터 내가 산산조각이 날 때까지 난도질하고 와 줄게."

금방이라도 가게를 뛰쳐나갈 것 같은 이구로를 미츠리가 다급히 붙잡았다.

"자, 잠깐만, 이구로 씨! 이제 없어. 그게… 내가 바로 목을 베었거든. 그러니까…."

"……."

이구로는 마침내 제정신이 돌아왔는지, 그 아담한 몸에서 살기를 지우고 다시 미츠리의 앞자리에 털썩 앉았다. 그리고 한손으로 자기 이마를 짚더니 "미안."이라고 말했다.

이어서 툭 내뱉었다. 몹시 쑥스러운 말투로….

"나도 참, 분노로 이성을 잃었어."

"…이구로 씨."

'화난 게 아니었구나….'

오히려 그만큼 걱정해 준 것이다.

가슴속 깊은 곳이 서서히 따스해졌다.

생각해 보면 이구로는 미츠리가 처음에 입대했을 무렵부터 다정했다. 무슨 일이 있을 때마다 걱정해 줬다.

그런 그가 "…칸로지."라며 어딘가 어색하게 자신의 이름을 불렀다.

"뭔가 고민거리라도 있는 거 아냐?"

"어…?"

"나라도 괜찮으면 말해 줬으면 해."

"이구로 씨…."

"난 칸로지에게 힘이 되어 주고 싶어."

"!"

진심 어린 목소리와 진지한 눈빛에 가슴 안쪽이 찌잉 하고 성대한 소리를 내려 했다. 그 순간, 미츠리의 머릿속에 코쵸우 시노부의 모습이 떠올랐다.

"…웃!! 안 돼!" "칸로지?"

틩겨나가듯 일어선 미츠리를 이구로가 어안이 벙벙해서 올려다봤다. 그 두 눈을 미츠리는 도저히 똑바로 쳐다볼 수 없었다.

"나, 나, 볼일이 있었던 게 생각나서…! 미안해. 그만 갈게."

겨우 그 말만을 남기고 가게 주인에게 주문한 음식 값을 쥐여 준 다음, 굴러갈 기세로 가게를 뛰쳐나갔다.

'이구로 씨, 미안해! 정말로 미안해.'

기껏 걱정해서 와 줬는데.

힘이 되어 주고 싶다는 말까지 해 줬는데.

'하지만 그러면 이구로 씨한테 설레고 마는걸….'

그래서는 고민을 상담하기는커녕 그에게 푹 빠지고 만다. 평상시처럼 이구로에게 의지할 수는 없는 노릇이었다.

미츠리는 반쯤 도망치듯이 식당에서 멀리 떨어졌다.

다른 건물을 몇 채나 지나친 다음에야 마침내 안도했다.

'이 일은 나 혼자서 어떻게든 해결해야 해. 언제까지 이구로 씨에게 의지해선 안 돼.'

양손으로 자신의 뺨을 있는 힘껏 때렸다.

그러나 머릿속을 뒤덮은 안개는 도무지 걷힐 기미가 보이지 않았다.

그리고 며칠 후.

"하아아…."

미츠리를 괴롭히는 컨디션 난조는 개선되기는커녕 날이 갈수록 심해졌다.

까닭 없이 숨 쉬기가 괴로웠고 몸이 납덩이처럼 무거웠다. 그 때문일까. 사랑의 호흡을 잘 사용할 수가 없었다. 눈에 띄게 약화되었다.

'나는… 정말로 어떻게 된 거지?'

이런 상태로 주의 본분을 다할 수 있을까?

끝내는 한심한 고민으로 머리가 터질 지경인 판에 시노부에게서 전언이 날아들었다.

칸로지 씨에게. 시간적 여유가 있을 때라도 괜찮으니 나비 저택에 들러 주시겠어요?

평소라면 당연히 기뻤을 그 제안이 미츠리를 더욱 괴롭게 만들었다.

'시노부가 무슨 일로 날 찾을까?'

지금 만나기는 어색하다. 하지만 그렇다고 무시할 수는 없었다.

미츠리가 나비 저택을 향해 굉장히 무거운 발걸음을 옮기고 있을 때, 등 뒤에서 "아!" 하는 목소리가 들려왔다.

"도깨비 사냥꾼… 누나?"

긴가민가한 목소리에 뒤를 돌아보자,

"맞네. 역시 누나야!"

그곳에는 이전에 모친과 함께 도깨비의 공격을 받을 때 구해 줬던 소년이 서 있었다. 햇빛에 보기 좋게 그을린 얼굴이 기쁜 미소를 짓고 있었다.

"다행이다. 난 계속 누나를 찾고 있었어."

"나를?"

미츠리가 두 눈을 깜빡였다.

"왜? 혹시 상담? 곤란한 일이라도 있니?"

"……."

그러자 소년이 갑자기 주변을 경계하는 모습을 보였다. 그리고 목소리를 낮추더니,

"실은 엄마가 일하는 음식점이 이 근처야."

그렇게 말했다.

아무래도 모친에게 들키고 싶지 않은 이야기가 있는 모양이었다.

"엄마가 들으면 괜히 시끄러워질 테니까."

아직 어린아이가 제법 사내 같은 말투를 썼다.

"어머나…."

미츠리가 웃음을 꾹 참으면서 좋은 생각이 있다며, 약간 떨어진 곳에 있는 자신의 단골 찻집 중 하나로 소년을 데려갔다.

찻집 앞 평상에 나란히 앉자 소년은 신이 나서 경단을 먹어치웠다.

"잘 지냈어? 그새 많이 자랐네~ 키도 쑥쑥 큰 것 같아."

"그때 이후로 5치*는 자랐어."

※5치 : 약 15cm.

"5치나? 남자아이들은 금방금방 자라는구나."

미츠리는 생글생글 미소 지었다.

미츠리에게도 딱 이 정도 나이의 남동생이 있었다. 자꾸만 자신의 동생을 보는 눈으로 보게 됐다.

"그래서? 나한테 할 이야기라는 게 뭔데?"

소년은 경단을 꿀꺽 삼키고는 천천히 입을 열었다. "나는 있지, 목수가 되고 싶어."

"어머, 목수 좋지~ 물건 만들기를 좋아하니?"

"응, 그런 셈이야. 돌아가신 아빠가 목수였으니까."

"어머나…."

미츠리는 뭐라고 대답해야 할지 몰랐다.

그러자 오히려 소년이 "아빠가 돌아가신 건 벌써 3년도 전의 일이야."라며 마음을 써 줬다.

소년의 까만 눈동자가 하늘을 응시했다.

"다리를 짓다가 강물에 휩쓸려서 돌아가셨어. 솜씨 좋은 목수였지만 헤엄은 잘 못 쳤거든."

"…그랬구나."

미츠리는 아랫입술을 살짝 깨물고 햇빛에 그을린 소년의 얼굴을 바라봤다.

도깨비에게서 구해 줬을 때, 아들을 껴안고 눈물을 뚝뚝 흘리던 모친의 모습이 자꾸 눈앞에 어른거렸다. 금방이라도 그 자리에 엎드릴 기세로 몇 번이나 고개를 숙여 인사했다.

'저희 아이를 구해 주셔서 감사합니다. 감사합니다. 감사합니다.'

부친의 사건을 듣고 나니 그 마음이 참으로 애달팠다.

"그런 일이 있어서 엄마는 내가 목수가 되는 걸 반대해. 어쩔 수 없이 아빠를 떠올리게 되니까. 가능하면 방물가게나 포목점의 점원으로 들어갔으면 좋겠대⋯. 그치만 나는 방물가게나 포목점에서 일하고 싶지 않아. 목수가 되고 싶어."

소년은 주먹을 꽉 쥐더니 "그러니까."라며 말을 이었다.

"엄마한테는 비밀로 하고 아빠가 알고 지냈던 현장 감독 밑에 제자로 들어갈 거야. 이미 얘기도 다 끝내 놨어."

"⋯왜 나한테 그걸 알려 준 거야?"

미츠리가 어리둥절한 얼굴로 묻자 소년은 잠시 머뭇거린 뒤에 굉장히 퉁명스럽게 대답했다.

"왜냐하면 나랑 엄마를 구해 줬을 때의 누나가 무지 멋있었으니까."

"어…?"

미츠리가 더욱 당황했다.

그때의 자신은 갓 입대한 평대원이라서 힘은 좋았을지언정 결코 강하지 않았다. 마구잡이로 칼을 휘두른 끝에 비로소 도깨비의 목을 쳐낸 것이나 다름없는 상태였다.

좌우간 필사적이었다. 빈말로도 멋있다고는 할 수 없는 모습이었을 터였다.

"그치만 난 그때 아직 한참은 약했는걸. 굉장히 꼴사납게 싸워서 겨우 이기는 정도였고…. 하나도 멋있지 않…."

"멋있었어!!"

소년이 미츠리의 말을 끊고 외쳤다.

"생판 남인 우리를 위해서 열심히 싸워 줬어. 여자인데도 여기저기 다치면서까지 싸워 줘서… 누나는 누구보다도 멋있었어."

소년의 솔직한 말이 미츠리의 가슴에 꽂혔다.

흥분한 탓인지 소년의 귓불은 저녁노을처럼 붉게 물들었다.

"그런 누나를 보고 생각했어. 나도 그렇게 되고 싶다고. 자

기가 정말로 하고 싶은 일로 다른 누군가에게 도움이 되고 싶어. 포기하거나 후회하고 싶지 않아. 그러니까 엄마가 아무리 울어도 나는 목수가 될 거야. 아빠보다 더 크고 튼튼한 다리를 짓고 말겠어."

"……."

"누나한테만은 얘기해 두고 싶어서 줄곧 찾아다녔어. 그럼 가 볼게. 경단 잘 먹었습니다."

그렇게 말한 뒤 소년은 도망치듯이 뛰어가 버렸다.

불러 세울 틈도 없었다.

소년의 뒷모습이 점점 작아지더니 이윽고 인파 속으로 사라져 갔다.

"……."

소년이 사라진 거리를 미츠리는 그저 멍하니 바라봤다….

"칸로지 님, 잘 오셨습니다. 시노부 님께서 기다리세요."

나비 저택에 도착하자 몹시 난감한 표정의 칸자키 아오이가 미츠리를 훈련장으로 안내했다. 미츠리는 동요하면서도 내심 의아해했다.

왜 훈련장이지…?

훈련장은 그 이름대로 부상당한 대원의 기능 회복 훈련 등이 이뤄지는 한편, 시노부 자신의 훈련이나 츠구코와의 대련에 사용되는 도장이었다.

미츠리는 이미 몇 차례 나비 저택을 방문한 적 있지만, 훈련장으로 불려간 것은 처음이었다.

걱정스러운 얼굴로 아오이가 멈춰 서자 미츠리는 조심스레 훈련장으로 이어지는 미닫이문을 열었다.

"저기… 시노부?"

"안녕하세요, 칸로지 씨."

예상한 대로 넓은 도장 한가운데에 시노부의 모습이 보였다.

곁에 죽도 두 자루를 두고 앉아 있었다.

그런 그녀에게 평상시와 같은 미소는 없었다. 싸늘하기까지 한 표정으로 이쪽을 힐끗 보더니 두 자루의 죽도를 들고 슥 일어나서는 한 자루를 미츠리 쪽으로 던졌다.

'…어?'

반사적으로 그걸 붙잡았다.

시노부는 여전히 딱딱한 표정인 채로,

"잠시 대련을 부탁해도 될까요?"

그렇게 물었다.

일단은 청하는 말이었지만, 이쪽의 대답은 처음부터 필요하지 않다는 투였다. 시노부가 쥔 죽도의 끝이 미츠리를 향했다.

"어…? 뭐야? 응? 시노부?"

상황을 이해하지 못해 쩔쩔매는 미츠리를 무시하고 시노부가 소리 없이 발을 내디뎠다. 순식간에 사정거리에 들어와서 미츠리가 쥔 죽도를 쳐서 떨어트렸다.

도장 바닥을 죽도가 내리찍는 둔탁한 소리가 울려 퍼졌다.

"…지금 그건."

멍하니 서 있는 미츠리에게 시노부가 날카로운 시선을 보냈다.

"힘을 절반도 쓰지 않았어요. 평소의 칸로지 씨라면 아무리 방심한 상태라 한들 간단히 피할 수 있었겠죠."

"…아… 그게."

시노부의 목소리는 딱딱했고, 질책하는 것 같았다. 미츠리가 허둥댔다.

"호흡을 뜻대로 사용하지 못하는 것 같네요."

"그, 그건… 저기….”

너무나도 정확하게 알아맞혀서 미츠리가 더욱 위축됐다.

시노부는 들리지 않을 정도로 작게 한숨을 쉬더니 죽도를 내렸다. 서늘한 시선으로 미츠리의 전신을 바라봤다.

"안색이 좋지 않아요. 얼굴도 야위었고요. 근육 유지에 필요한 영양분을 섭취하고 있지 않은 게 아닌가요?"

"!!"

"전 검사로서 결단코 강한 편이 아니에요. 하지만 칸로지 씨는 다르죠. 격식에 구애되지 않는 자유로운 검술 실력도, 놀라울 만큼 유연한 근육도, 본래 타고난 강한 힘도, 무엇보다 과할 정도로 솔직한 성격이 당신을 뛰어난 검사로 만들어 주는 요소입니다."

미츠리가 입을 꾹 다물었다.

"칸로지 씨."라고, 시노부가 어떤 감정인지 알 수 없는 목소리로 이름을 불렀다.

"어째서 스스로 약해지려 하는 건가요?"

미츠리의 심장이 빠르게 뛰었다.

조심조심 시노부를 바라보자 시노부도 미츠리를 응시했다.

침을 꿀꺽 삼키는 소리가 꼭 다른 사람이 낸 것처럼 멀게 들렸다.

이야기한다면 지금밖에 없다.

하지만….

'안 돼… 말 못 해…. 말할 수 없어.'

솔직하게 이야기하면 반대로 시노부에게 상처를 주게 된다. 시노부에게 불쾌하고 슬픈 일을 떠올리게 만들 것이다. 아니, 그렇지 않다. 사실은 이야기하기가 무섭다. 말로는 시노부를 위해서라지만 실제로는 자신을 위해서다. 모든 걸 들춰내서 좋아하는 시노부에게 미움받을 게 두려웠다. 지금까지의 친밀한 관계가 망가져 버릴까 봐 두려웠다. 친구를 잃는 것이 두려워서 견딜 수 없었다.

시노부의 시선을 피하듯이 고개를 숙이고 만 미츠리가 떨리는 손으로 다른 한쪽 손을 꽉 쥐었다.

'어떡하지…? 뭔가 다른 이유를.'

그렇게 생각한 순간, 귓가에 목소리가 들렸다.

멋있었어!!

'아….'

미츠리가 고개를 번쩍 들었다.

아직 신출내기 대원이던 자신을 누구보다도 멋있었다고 말해 준 소년.

도깨비로부터 소년과 그의 모친을 구해 냈을 때, 진심으로 안도했다. 살아 있어 줘서 기뻤다.

본가를 제외하고 이곳에 있어도 괜찮다는 믿음이 가는 장소를 마침내 찾아낸 기분이었다.

'고마워.'

그 말을 하고 싶었던 건 오히려 자신이었다.

'안 돼…. 거짓말 따위를 할 수는 없어.'

그런 짓을 하면 자신은 더 이상 이곳에 머물 수 없다.

앞으로 시노부를 똑바로 마주하는 것도 불가능하다.

'숨김없이 말해야 해. 내 마음을… 솔직하게.'

미츠리는 눈을 한 번 질끈 감았다가 동료의 눈을 똑바로 바라봤다.

"…시노부."

운을 뗀 것만으로 입 안이 까끌까끌해졌다. 스스로도 자기

목소리가 높게 뒤집혔음을 알 수 있었다.

"나… 들어 버렸어…. 은 대원들한테서 시노부가 겪은 일
을."
"……."

시노부는 여전히 굳은 표정으로 미츠리를 응시했다.

그 얼굴에서는 미세한 감정의 흔들림도 읽어 낼 수 없었다.

가령 시노부가 자신의 감정을 완전히 제어할 수 있다면, 그
렇게 되기까지 얼마나 오래 시간 수련을 해 왔을까.

눈앞에서 양친이 도깨비에게 참혹히 살해되고, 가장 사랑하
는 언니마저도 빼앗긴 소녀.

미츠리는 안타까움과 애처로움에 위축되려는 마음을 열심
히 다잡았다.

"…나는 내 입대 이유가 너무 창피해서…. 남자라느니, 사랑
이라느니…. 시노부한테도 미안한 거 있지. 그래서 이래선 안
되겠다고 생각했어. 더 진지하게 임해야 한다고, 하지만."

사랑을 봉인한 자신은 놀라울 정도로 약해졌다.

사랑의 호흡은 생각한 것 이상으로 미츠리의 마음과 굳게 연결되어 있었다.

"지금 비로소 깨달았어. 그럼 안 된다는 것을. 나는 나란 사람 그대로 강해져야 한다는 걸 말이야. 그렇지 않으면 아무도 지키지 못해."

좋아하는 사람에게 거부당할 것을 두려워하는 바람에 정말로 지켜야할 사람들을 소홀히 했다.

기껏 받은 힘과 강함을 무의미하게 약하게 만들어 또다시 자신을 거짓으로 꾸며 살아가려 했다.

자신을 거짓으로 꾸미지 않고 살아갈 수 있는 곳에서 아빠와 엄마가 준 이 힘을 수많은 사람들을 지키기 위해 쓰겠다고, 그렇게 결심했건만….

"이게 나야! 칸로지 미츠리야! 여러 사람들한테 반하고, 잔뜩 먹고, 힘도 세…. 하지만… 나, 나는."

"……."

"시노부를… 많이 좋아하니까."

그렇게 말하고 미츠리가 입을 닫자 "…저만."이라며 시노부의 새하얀 목이 작게 떨렸다.

"저만 그런 게 아니라 귀살대에는 육친을 도깨비에게 **빼앗**긴 분들이 아주 많아요."

고요한 목소리에 미츠리의 가슴이 욱신거렸다.

"아오이와 스미, 키요, 나호도 도깨비에게 가족을 잃고, 달리 갈 곳이 없어서 여기서 함께 사는 거랍니다."

다시 한번 고개를 숙여 버린 미츠리의 귀에 "하지만."이라는 부드러운 목소리가 닿았다.

"저도 그 애들도 칸로지 씨의 처지를 질투하지 않아요. 칸로지 씨의 입대 이유를 욕할 일도 없고요. 물론 처음 들었을 때는 놀랐지만요."

"어…?"

마지막에는 쿠쿡 하고 웃는 소리가 들렸다. 깜짝 놀란 미츠리가 고개를 들자 그곳에는 미소를 담은 시노부의 두 눈이 있었다.

굳은 표정은 사라지고, 평소의 상냥한 미소가 미츠리를 따스히 감쌌다.

"모두가 증오와 슬픔을 안고 상처를 서로 위로하기만 해서는 앞으로 나아가지 못해요. 칸로지 씨의 명랑함과 미소는 저희에게 치유제나 다름없다고요."

"시노…부…."

시노부의 눈동자 속으로 금방이라도 울음을 터트릴 듯한 자신이 보였다.

깊은 제비꽃 색 눈동자는 처음 만난 날과 똑같이 이 세상의 그 무엇보다도 아름다웠다.

"그러니까 자신을 억지로 꾸미는 행동은 하지 말아 주세요. 저는 있는 그대로의 칸로지 씨가 좋아요."

버티지 못하고 자신보다 체구가 훨씬 작은 시노부에게 매달렸다. 뜨거운 눈물이 쉴 새 없이 흘러내렸다.

"시노부, 시노부, 시노부!!"

"죄송했어요. 시험하는 것처럼 행동해서."

"아니! 괜찮아! 난 아무렇지 않아…. 내가 바보였으니까."

시노부에게 매달린 채 미츠리가 고개를 절레절레 저었다. 시노부는 쑥스러운 듯이 웃더니,

"앞으로는 잘 챙겨먹어야 해요?"

"응. 양껏 먹을 거야~! 잔뜩 먹을게. 그래서 더 강해질 거니까!"

"이구로 씨도 걱정했어요."

약간은 과보호일 정도였다고 작은 목소리로 덧붙였다.

"응, 이구로 씨한테도 꼭 사과할게. 무이치로한테도…."

아이처럼 엉엉 우는 미츠리의 등을 시노부가 작은 손으로 다정하게 톡톡 두들겨 줬다. 마치 어린아이를 달래는 것처럼.

그리고 조용히 속삭였다.

"…사실 저는 줄곧 부러웠어요. 칸로지 씨의 체질이."

"어?"

"저도 당신만큼 근육이 있었다면, 키가 컸다면… 그랬다면."

"시노부…?"

"말이 조금 많았네요. 잊어 주세요."

품속에서 시노부가 중얼거렸다.

'그랬다면' 다음에 그녀는 무슨 말을 하려고 했을까.

애처로울 만큼 강한 마음이, 화상을 입을 것 같은 뜨거운 마음이 그 안에 담겨 있는 기분이 들었다.

주들 가운데 유일하게 도깨비의 머리를 베지 못하는 검사.

꼭 껴안은 그 몸은 마치 어린아이처럼 너무나 작고 덧없어서 미츠리는 더욱 소리를 높여 울었다.

　다시 한번 가슴속 깊이 맹세했다.

　자신에게 거짓말을 하지 말고 살아가자.

　그래서 도깨비의 머리를 한 마리라도 많이 베자.

　한 명이라도 많은 사람들의 미소를, 행복을 지키기 위해서.

　좋아하는 동료들과 이 소중한 장소에서 가슴을 쭉 펴고 살아가기 위해서.

　"칸로지 씨는 왜 귀살대에 들어오셨어요?"

　"어? 나?"

　텟치카와하라 저택 복도에서 카마도 탄지로가 물었다.

　도깨비가 된 누이동생을 인간으로 되돌리기 위해 귀살대에 들어왔다는 이 소년의 눈은 불타는 붉은색이라서 무척 아름답다.

　이쪽이 쩔쩔매게 될 정도로 똑바로 응시해 왔다.

"좀 부끄러운데~ 어, 어떡하지? 들어 볼래?"

미츠리가 몸을 배배 꼬았다.

혈귀술로 어린아이처럼 작아진 네즈코가 신기하다는 듯이 올려다봤다. 그 매끄러운 검은 머리카락을 살며시 어루만졌다.

"실은…."

칸로지 미츠리는 웃는 얼굴로 그다음 말을 이었다.

제 **4** 화

꿈의 전후

형이 내 병문안을 와 주는 꿈을 꿨다.

형이 침대 옆에 서서 날 바라본다.
벌떡 일어나고 싶은데, 형이랑 얘기하고 싶은데, 너무 졸려
서 도저히 일어날 수가 없다.

그런 꿈을 꿨다….

겐야가 무거운 눈꺼풀을 들어 올리자 나비 저택의 천장이
보였다.
옆 침대에는 카마도 탄지로가 온몸에 붕대를 둘둘 감은 모
습으로 새근새근 자고 있었다.
당연한 일이지만 형 사네미의 모습은 없었다.

'역시 꿈이었구나…. 그래, 꿈이겠지.'

형이 자신의 병문안을 와 줄 리가 없었다.

스스로를 한심해하며 겐야가 몸을 일으켰을 때, 방에 들어온 소녀와 눈이 마주쳤다. 나비 저택의 세 소녀 중 한 명이고 땋은 머리를 한, 분명 나호라고 불리던 소녀였다.

나호는 겐야와 눈이 마주치자 약간 긴장한 듯 경직됐다. 그리고,

"아오이 씨. 겐야 씨가 눈을 뜨셨어요."

"미안, 나호! 지금 바빠서 갈 수가 없어! 맥박 재고 열이 있는지 확인해 줘."

나호의 부름에 아오이가 옆 병실에서 매서운 목소리로 대답했다.

이어서 대원인 듯한 남자의 신음과 우당탕거리는 어수선한 소리가 들려왔다. 아무래도 위급한 환자인 모양이다.

나호는 겐야가 누운 침대 옆으로 주뼛주뼛 다가와서는,

"그럼, 맥박을 재겠습니다."

자신에게 되뇌듯이 말하고 조심조심 왼손 손목으로 자기 손을 갖다 댔다.

그 자그마한 손이 떨리는 걸 알 수 있었다.

'하긴 무섭겠지….'

일찍이 강한 힘을 추구한 나머지 도깨비를 먹는 행위를 되풀이한 겐야에게 히메지마는 시노부를 소개해 줬다. 그 이후로 종종 이곳을 드나들고 있지만, 시노부를 비롯해 그 누구와도 친밀하게 대화한 적이 없다. 사춘기 특유의 쑥스러움 때문에 이성을 대하는 게 서툰 탓도 있지만, 그 이상으로 그 무렵의 자신은 언제나 신경이 날카로웠다.

호흡마저 습득하지 못하는 자신에게 화가 나고, 도무지 좁혀지지 않는 형과의 거리에 초조함을 느낄 때마다 눈에 보이는 것에 닥치는 대로 그 분노를 쏟아냈다.

도깨비뿐만이 아니라 물건이나 사람에게까지.

무서워하는 것도 당연했다.

"맥박도 정상이네요. 그럼, 체온을 잴게요."

나호는 여전히 겁먹은 상태였지만, 솜씨 좋게 아오이가 시킨 일들을 소화했다.

"36.7도. 열도 없어요. 어디 불편하신 곳 있나요?"

말없이 고개를 저었다.

"그럼, 점심식사를 가져올게요." "아니, 나는."

안 먹을 거라고 작은 목소리로 덧붙이니 나호가 살짝 난처

한 눈빛으로 자신을 바라보았다.

나무라는 것과는 달랐다. 근심하고 걱정하는 듯한 눈빛이었
다.

그때, 유리가 깨지는 날카로운 소리에 이어서,

"꺄아악!"

"그만하세요!!"

옆방에서 비명이 들려왔다.

"아오이 씨? 스미?"

창백해진 나호가 선배와 동료의 이름을 부르며 뛰어나갔다.
그 이름을 듣자 반사적으로 겐야의 눈썹이 떨렸다.

'스미….'

죽은 그의 여동생 중 한 명도 스미라는 이름이었다.

응석받이지만 어머니에 대한 효심이 깊은 마음씨 착한 동생
이었다. 오빠인 겐야와 사네미를 무척 잘 따랐다.

'겐야 오빠.'

'…윽!!'

죽은 여동생의 목소리가 귓가에 들리자 겐야는 침대에서 팅

겨 나가듯이 나호의 뒤를 쫓았다.

옆방으로 들어가 보니 병실 바닥은 깨진 유리 조각으로 난장판이었다. 아오이와 스미, 그리고 먼저 달려온 나호가 겁먹은 얼굴로 침대 쪽을 쳐다보고 있었다.

침대에서 몸을 일으킨 남자의 두 눈은 증오와 초조함으로 이글거렸다.

"얌전히 있어 주세요! 지금은 조금이라도 안정을 취해야 해요."

"안정을 취한다고 뭐가 해결되는데?! 이 팔이 다시 자라나나?!"

아오이의 말에 남자 대원이 물어뜯을 듯이 고함을 질렀다.

그 말을 듣고 알아차렸다. 그의 한쪽 팔은 팔꿈치 아래쪽이 없었다.

"팔은 어쩔 도리가 없어요. 하지만 당신은 출혈이 심해요. 이 이상 무리하면…."

"임무도 안 나가는 너희가 뭘 알아?!"

아오이가 깜짝 놀란 얼굴로 할 말을 잃었다.

스미와 나호는 서로를 부둥켜안고 벌벌 떨었다.

"난 도깨비를 한 마리라도 더 많이 해치워야 해! 야에를 위

해서!! 살해당한 그 녀석을 위해서!! 그런데 팔이 한쪽 없어졌으니 앞으로는 무슨 수로 칼을 휘두르냐고!!"

남자는 그렇게 마구 소리치더니 침대 옆에 있던 물주전자를 집어서 소녀들을 향해 던졌다.

"꺄악!!"

겐야가 재빨리 움직여서 한손으로 물주전자를 받아 냈다. 다행히 텅 비어 있었다.

남자는 느닷없이 나타난 겐야를 보고 순간 허를 찔린 눈치였지만, 금세 원래대로 돌아가서 겐야를 노려봤다.

"…뭐야, 너는."

"여자애들한테 물건 던지지 마."

"네놈하고는… 상관없는 일이잖아."

남자가 더 험악하게 으름장을 놨다.

증오와 초조함, 조바심, 그리고 가눌 길 없는 분노와 슬픔으로 가득 찬 그 눈을 겐야는 잘 알고 있었다.

그것은 과거의 자신의 눈이었다.

'아무래도 상관없어! 이딴 까마귀 따윈!! 칼 말이야, 칼!! 지금 당장 칼을 내놔!!'

최종선별에서 살아남았을 때, 안내를 맡은 어린 소녀의 얼굴을 주먹으로 때리고 앞머리를 움켜쥐는 걸 탄지로에게 제지당했던, 그 무렵의 자신.

　그때의 자신이 얼마나 거칠고 추하게 비뚤어져 있었는지를 통감게 하는 것 같아서 겐야는 일부러 감정을 배제한 말투로 말했다.

　"이 녀석들은 귀살대를 위해서 무상으로 대원들의 부상을 치료해 주고 있어. 감사는 하지 못할망정 불평하는 건 경우가 아니잖아."

　"그거야… 넌 가벼운 부상으로 끝났으니까 그렇지! 하지만 나는…."

　"원래 칼을 쥐던 팔을 잃었으면 다른 팔로 쥐면 되잖아. 그쪽 팔도 잃으면 입으로 칼을 물면 돼. 적어도 나라면 그러겠어."

　"뭐…?"

　"그 정도 각오도 없으면 귀살대 따위 관둬."

　그때 처음으로 남자의 두 눈을 볼 수 있었다.

　남자는 한동안 넋이 나간 듯이 잠자코 있었지만 이윽고 조용히 울기 시작했다.

"야에… 야에…."

연인일까, 여동생일까.

죽은 이의 이름을 부르며 미안하다고 연신 사과를 반복했다.

"미안해, 미안하다…. 야에… 미안해…."

모두들 아무 말이 없었다.

머지않아 남자뿐만 아니라 스미와 나호도 소리 높여 울기 시작했다.

겐야는 그 분위기를 견디지 못한 나머지 말없이 방에서 나갔다.

자신에게 저 남자를 힐난할 권리라고는 없었다.

'그 녀석이라면… 더 원만하게 수습했겠지.'

탄지로라면 남자의 심정을 이해해서 친절하고 다정하게 타일렀을 텐데.

역시 자신은 변변찮은 놈이다.

무엇 하나 만족스럽게 해내는 법이 없다.

이래서는 형도 절대 인정해 주지 않겠지….

나는 아버지에게 안겨 본 기억이 없다.
안기기는커녕 내게 미소를 지어 준 기억조차 없다.
아침부터 밤까지 술 냄새를 풍기며 틈만 나면 엄마와 우리를 두들겨 팬 아버지에게 꼭 안겨 보고 싶었냐고 묻는다면 결코 그렇진 않았고, 형과 함께 남동생과 여동생들을 돌봐 주는 생활에 그럭저럭 만족했다.
…그랬을 텐데.

"겐야, 역시 여기 있었냐."
"혀, 형…."

나는 아무도 못 찾을 줄 알았던 장소를 어이없이 형에게 들켜서 인상을 팍 썼다.

우리가 사는 집에서 꽤 걸어야 나오는 신사의 돌계단 위. 절
대로 찾을 수 없었을 텐데, 형은 역시 대단해.

"야, 이제 해가 저물 테니까 집에 가자. 엄마도 화 안 내셔."

평소와 똑같은 형의 목소리.

나는 무심결에 고개를 끄덕일 뻔한 걸 필사적으로 참았다.

그것은 어린 나에게 있었던 일말의 긍지였는지도 모른다.
사실은 슬슬 겁이 나던 차에 형이 마중 나와 줘서 무지무지 기
뻤는데도, 여기서 꼬리를 살살 흔들며 돌아가면 남자로서 체
면이 서지 않을 거란 생각이 들었다.

내가 말없이 머리를 절레절레 저으니 형이 한숨을 내쉬었
다. 꼭 어른들이 그러듯이. 최근에는 키 차이도 얼마 나지 않
게 됐는데도 형은 늘 우리보다 훨씬 앞을 걸어갔다. 옛날에는
그저 믿음직스럽기만 했던 그 뒷모습이 요새는 살짝 분하게
느껴졌다.

"네가 폭력을 휘두른 건 스미가 바보 취급을 당해서잖아?
가난한 주제에 애만 잔뜩 낳은 집이라고."

나는 고개를 끄덕였다.

아아, 형도 어이없어해.

고작 그 정도 험담을 들었을 뿐인데, 집주인네 아들을 때려

버렸다. 스미가 슬피 우는 모습을 본 순간, 아무 생각도 들지 않게 됐어….

집주인네 아들은 코피를 흘렸다.

어쩌면 우리 가족은 내일부로 집에서 쫓겨날지도 모른다. 그러면 엄마랑 가족들은 어떻게 될까?

내 참을성이 부족한 바람에….

형은 분명 생각 없이 행동하는 동생에게 진절머리가 났을 것이다.

그런 줄 알았는데….

"그럼, 넌 아무 잘못 없잖아."

"어?"

"넌 오빠로서 동생을 멋지게 감싸 준 거야. 더 당당히 굴어."

"…형."

나는 숙이고 있던 고개를 들고 형을 빤히 쳐다봤다. 형은 웃고 있었다. 형은 웬만해선 웃지 않지만, 웃으면 정말 다정한 얼굴이 된다. 그 얼굴은 역시 엄마를 닮아서 나도, 어린 동생들도 형의 미소를 무척 좋아했다.

이런저런 감정이 순식간에 흘러넘쳐서 목 안쪽이 아플 정도로 뜨거워졌다.

"집에 가자. 엄마도 걱정하셔."

"응."

고개를 끄덕이며 돌계단에서 일어났다.

경치가 노을빛으로 물들어 있었다.

앞장서 가는 형의 등도 붉게 물들었다.

그 뒷모습을 보고 있었더니 괜스레 어리광을 부리고 싶어졌다.

나는 남매들 중 둘째라서 늘 남동생, 여동생을 돌봐 줬기 때문에 엄마한테도 응석 부린 적이 별로 없었다.

"…형. …업어 주라."

"뭐야, 너 다쳤어?"

형이 깜짝 놀란 듯이 뒤돌아봤다.

귀까지 확 빨개지는 것이 느껴졌다.

당연히 나는 어디도 다치지 않았다.

"아, 아냐. 역시 됐어."

당황해서 그 말만 하고 서둘러 형의 옆을 지나갔다.

…그러자,

"자."

형이 내게 등을 내밀며 쭈그려 앉았다.

"오늘만이다?"

"…응."

나는 나 자신이 한심하고 창피해서 얼굴이 새빨개졌다. 하지만 기쁨이 더 앞서서 형의 등에 업혔다.

형의 등은 눈으로 보기보다도 훨씬 넓게 느껴졌다.

아빠가 있었다면, 아니, 아빠가 제대로 된 사람이었다면, 분명히 이런 느낌이었겠지.

"엄마가 팥떡 만들어 주셨어."

"진짜? 잔뜩 있어?"

"어. 나랑 테이코도 도와드렸거든."

"그래서 형한테서 팥떡 냄새가 나는구나."

"냄새가 난다고?"

"응. 아~ 배고파라."

나는 형의 등에 업혀서 실없는 대화를 나눴다.

그러다 문득 생각했다.

나는 형한테 응석을 부릴 수 있다. 동생이니까. 하지만 형은 누구한테 응석을 부리지?

엄마를 제일 가까이에서 도와주고, 어린데도 일하고, 남동생과 여동생들을 돌봐 준다. 아빠에게는 의지할 수 없다.

형은 대체 누구한테 응석 부릴 수 있을까.

형.

형….

'미안해… 형.'

"…겐야 씨, 일어나셨나요? 약을 가져왔어요"

눈을 뜨자, 그곳은 역시 나비 저택의 병실이었다.

나호…는 아니었다. 양 갈래 머리를 한 소녀, 스미가 자신의 얼굴을 들여다보고 있었다.

당연히 형의 모습은 없었다.

아직 어렸던 형의 작지만 넓었던 등의 온기가 급속도로 식어 갔다. 겐야는 몸을 일으켜서 형의 목에 매달렸던 양손을 멍하니 바라봤다. 그 시절하고는 전혀 다른, 투박하고 큰 손이었다. 도깨비를 잡아먹은 탓인지 지금은 형과 거의 다르지 않았다.

"괜찮으세요?"

스미가 조심스레 물었다. 겐야가 저도 모르게 의아한 표정을 짓자, 스미가 어째선지 시선을 피했다.

"그게… 눈물이."

미안해하는 듯한 소녀의 말을 듣고 나서야 비로소 겐야는 자신이 울고 있던 것을 깨달았다.

황급히 팔로 얼굴을 쓱쓱 문질렀다.

스미는 그 이상 아무것도 묻지 않고 겐야의 등을 받쳐서 시노부가 조제해 준 약을 먹였다.

옆에서 자는 탄지로는 아직도 깨어날 생각이 없었다.

'왜 하필 이럴 때 자는 거냐고.'

빨리 일어나서 이 분위기 좀 어떻게 해 달라고 평온하게 자는 얼굴에 신호를 보냈지만, 탄지로는 기분 좋은 듯이 새근새근 소리만 내고 있었다.

"어디 아프진 않으세요?"

"어."

"물 더 드실래요?"

"아니."

대화가 이어지질 않았다.

겐야가 내심 무척 당황하고 있을 때 스미가 머뭇거리며 물었다.

"…형님하고 싸우셨어요?"

"어?"

"'형, 미안해'라고… 잠꼬대를 하시더라구요."

"……."

겐야의 표정이 얼어붙었다. 소녀는 거기서 말을 멈추고는,

"아까는 감사했어요. 저희를 감싸 주셔서."

갑자기 화제를 바꿨다. 그리고 고개를 꾸벅 숙여서 인사했다.

"어… 으응."

좌우간 화제가 바뀌어서 안심한 겐야가 애매하게 고개를 끄덕였다. 까닭 없이 병실을 이리저리 훑어보면서,

"그 날뛰던 대원은?"

라며 물었다. 스미가 시무룩한 표정을 지었다.

"제법 진정되셨어요. 지금은 얌전히 주무세요. 내일 제대로 된 병원으로 옮긴다나 봐요. 앞으로 어떡할지는 몸이 다 나으면 생각하시겠다고…."

겐야는 뭐라 말할 수 없는 기분으로 "그렇군."이라고 중얼거린 다음 이어서 물었다.

"괜찮았어? 그게… 어디 다쳤다든지."

"네?"

"유리 깨지는 소리가 났잖아."

"아…."

마침내 알아들었다는 듯이 스미가 미소 지었다. 하나도 닮지 않았는데도 여동생이 웃어 준 것 같은 기분이 들었다. 가슴속 깊은 곳이 따끔따끔 아팠다.

"겐야 씨 덕분에 모두 무사해요. 아오이 씨랑 나호도 고맙다고 인사드리러 왔었는데, 겐야 씨가 주무셔서."

"그렇구나…. 다행이다."

겐야가 한숨을 내쉬었다.

스미는 그런 겐야의 얼굴을 지그시 바라봤다. 눈을 깜빡이지도 않고.

그 올곧은 시선에 겐야가 어찌할 바를 모르자 스미가 망설이면서 물었다.

"풍주님이 겐야 씨의 형님이신가요?"

잠깐의 정적이 이어진 후에 겐야가 말없이 고개를 끄덕였다.

활짝 열린 창문으로 불어 온 뜨뜻하고 습한 바람이 겐야의 뺨을 불쾌하게 어루만졌다.

"코쿄우 씨한테서 들었어?"

메마른 목소리로 묻자, 스미는 고개를 저었다.

"성함이랑… 그리고 생김새가 많이 닮으셔서요."

"……."

아마 별생각 없이 던진 말이리라. 그러나 소녀의 말은 생각한 것 이상으로 깊게 겐야의 가슴에 꽂혔다.

역시 형제는 닮은 것이다. 남이 보기에도 형제라고 생각될 정도로.

그런데….

'네놈 같은 굼벵이는 내 동생이 아냐. 귀살대 따위 때려치워.'

마침내 만났건만.

피나는 노력을 해서, 많은 것을 희생해서 겨우 대화를 나눌 수 있었건만.

형에게서 돌아온 것은 등골이 오싹해질 만큼 차가운 시선과, 거절의 말이었다.

"풍주님을 뵌 적은 몇 번 안 되고, 무서워서 가까이 다가가질 못했으니 정확하지는 않지만요."

"형, 형님은 무섭지 않아!"

저도 모르게 언성을 높이는 바람에 스미가 움찔 놀랐다.

퍼뜩 정신을 차린 겐야가 미안하다며 한손으로 입가를 가렸다. 그러나 참을 수 없었다. 스미와 같은 이름을 가진 소녀가 형을 오해하는 걸 원치 않았다.

"형님은 사실은 엄청 다정한 사람이야. 늘 우리 남매를 돌봐줬고, 늘 지켜 줬어. 엄마도 형을 많이 의지했고… 그리고…."

"……."

"웃으면 무척… 다정한 표정을 지어."

쥐어짜듯이 말했다.

스미의 눈이 조용히 자신을 비추고 있었다.

그것은 깊은 자애로 가득 찬 눈이었다.

슬픔만큼 상냥했다.

도깨비에게 가족을 잃고 고아가 된 처지를 시노부에게 거두어져 이 나비 저택에서 연일 대원들을 간호하는 소녀….

그 눈빛이 왠지 재촉하는 것 같아서 겐야는 자기 형제의 이야기를 천천히 털어놨다.

아버지가 정말 구제불능이었다는 것.

남에게 원한을 산 결과 칼을 맞아 죽었다는 것.

형과 둘이서 어머니를 지탱하며 어떻게든 먹고살았다는 것.

어느 날 밤, 도깨비가 집에 찾아와 남동생과 여동생들을 죽였던 것.

자신도 죽을 뻔한 것을 형이 구해 줬던 것.

밖에 나가 보니 피투성이인 형과 어머니의 시신이 있었던 것.

가족을 몰살한 도깨비는 어머니가 변해 버린 모습이었다는 것.

형이 가족을 지키기 위해서 필사적으로 싸운 끝에, 가장 사랑하는 어머니를 죽이고 말았다는 것.

그런 형에게 자신은 욕을 퍼부은 것….

살인자라고….

소리를 내어 이야기하니 그건 마치 남의 일처럼 들렸다.

너무도 불행하고, 당시의 어리석은 자신에게 진저리를 쳤다.

"형은 용서하지 않았어. 심한 말을 한 나를. 형의 마음을 모조리 짓밟은 나를."

"겐야 씨…."

"그래서 말조차 섞으려고 하지 않아."

동생으로 인정해 주지도 않았다. 눈앞에서 사라지라는 말마저 들었다.

"그런데도 나는…."

다정했던 시절의 형 꿈을 꾸고.

오늘 아침에는 형이 병문안을 와 주는 꿈까지 꿨다.

얼마나 더 구질구질하게 굴려는 걸까.

당연한 응보라는 걸 알면서도 형의 차가운 눈빛이 두려웠다. 날이 갈수록 늘어가는 흉터가 두려웠다.

자신을 부정하는 말이 두려웠다.

자신들은 정말로 형제가 아니게 되어 버린 걸까.

그 끔찍한 밤에.

"…괜찮아요."

겐야가 양손을 꽉 쥐고 있으니 스미가 속삭이듯이 말했다. 겐야의 손 위에 자신의 손을 살며시 갖다 댔다. 그 작은 손은 따뜻했다.

"살아만 있으면 앞으로 얼마든지 다시 시작할 수 있어요."

겐야가 눈을 크게 뜨자 스미는 상냥하게 눈웃음을 지었다.

"형님이랑 꼭 화해하세요."

소녀가 건넨 말은 더없이 다정하고 묵직했다.

'그래, 맞아….'

이 아이는 이제 두 번 다시는 부모, 형제, 자매와 만나지 못한다.

상대가 살아 있지 않으면 가슴속의 응어리를 푸는 것조차 불가능하다. 죽은 이들의 추억을 함께 이야기할 수도 없다.

소녀는 모든 것을 잃었고, 자신에게는 형이 남아 있건만 어디서 나약한 소리를 하는 거냐며 스스로에게 화가 났다.

"…미안."

젠야가 후회와 자기혐오로 가득한 쉰 목소리로 중얼거리자,

"'미안'이 아니야, 젠야."

부드러운 목소리가 말했다. 젠야가 옆을 쳐다보니 탄지로가 침대에 누운 채 다정하게 웃고 있었다.

"그럴 때는 고맙다고 하는 거야."

"탄지로 씨."

"너…!"

젠야의 얼굴이 새빨개졌다.

쑥스러움을 감추려고 탄지로의 볼을 쭉 잡아당겼다.

"언제부터 깨어 있었어? 자는 척한 거냐?"

"아야야야… 지금 막 일어났는데? 젠야랑 스미의 목소리가 들리고… 젠야의 냄새가 '고마워'라고 말하길래."

"윽!!"

"게, 젠야 씨, 탄지로 씨는 크게 다치셨으니까… 그 정도로 넘어가 주세요."

울상이 된 스미가 중재하자 젠야가 탄지로에게서 손을 뗐다.

그리고 소녀 쪽으로 돌아본 다음,

"…고맙다."

퉁명스럽게 그 말만을 전했다.
스미가 놀란 얼굴로 눈을 크게 떴다가 "네."라고 대답하며
미소 지었다.
탄지로도 싱글벙글 웃었다.

겐야는 창피한 나머지 이불을 머리끝까지 뒤집어쓰고 열심
히 자는 척을 했다.

"아, 아오이 씨."

스미가 병실에서 나오니 복도 저편에서 아오이가 걸어왔다.
갓 세탁한 침구를 한아름 껴안고 있었다.
"무슨 일 있었어? 그렇게 기쁜 표정을 다 짓고."
"탄지로 씨가 드디어 깨어나셔서 지금 식사를 가지러 가려

고요."

"그래, 다행이다."

아오이의 표정이 밝아졌다.

"그럼, 침구는 나중에 교환하는 게 좋겠다."

"네."

"겐야 씨는?"

"약 드시고 지금은 주무셔요."

그리 말하는데 자꾸만 웃음이 터져 나왔다.

귀 끝까지 새빨개져서는 이불을 머리까지 뒤집어쓴 겐야의 모습을 떠올렸다. 시나즈가와 겐야는 자기들이 생각한 만큼 무섭지 않았다. 오히려 훨씬 다정한 사람이었다. 그래. 나호 랑 키요에게도 알려 줘야지.

아오이는 그런 스미를 신기한 눈으로 쳐다보다가 "그러고 보니."라고 말했다.

"오늘 아침에 풍주님을 뵈었는데 무슨 일로 오셨던 걸까?"

"네…?"

"시노부 님이 부재중이셔서 화가 나서 돌아가신 걸까? 그렇 다면 죄송한 짓을 해 버렸네."

"풍주님이…."

"아, 맞다. 탄지로 씨의 식사 말인데, 처음에는 미음부터야. 그걸 먹고도 괜찮아 보이면 바로 주먹밥이랑 매실절임을 드려. 연주님과 하주님은 깨어나자마자 평소처럼 식사하셨으니까…. 뭐, 그분들은 특별한 경우겠지만."

스미는 침구를 들고 멀어지는 아오이의 뒷모습을 잠시 바라봤다가 자기가 방금 나온 방문을 쳐다봤다.

임무 중 부상을 당해 의식 없이 잠든 동생을 바라보는 형의 모습이 보인 기분이 들었다.

물론 확인할 길은 없다.

그렇다면 좋겠다는 소망에 불과할지도 모른다.

그러나 살아만 있으면 얼마든지 다시 시작할 수 있다.

몇 번이든 화해할 수 있다.

'겐야 씨… 힘내세요.'

남몰래 마음속으로 응원을 보낸 다음 스미는 왠지 통통 튀는 발걸음으로 주방을 향해 갔다.

✿

"안 돼요, 겐야 씨. 잘 챙겨드세요!"

"아니… 이젠 정말로 괜찮다니까."

그날 이후로 묘하게 스미가 자신을 잘 따르게 되어 겐야는 지금도 이불 위에 올라와 조림을 먹여 주려고 하는 소녀 때문에 심히 당황한 상태였다.

급기야는 아오이까지 옆에서,

"조금씩이라도 먹어야 해요. 시노부 님도 그렇게 말하셨잖아요? 꼭꼭 씹어서, 조금씩 삼키세요. 위장을 정상으로 되돌려야죠."

겐야가 식사하는 모습을 곁에 딱 붙어서 지켜봤다.

완전히 아기 취급이었다.

보통 남자라면 기쁘게 느껴질 그 상황도 한창 사춘기인 겐야에게는 솔직히 도깨비와 대치하는 것보다 고달팠다.

심지어 탄지로는 소녀들에게 둘러싸여서 고생하는 겐야를 감싸 주기는커녕,

"겐야, 모두와 완전히 친해졌구나. 다행이야."

라며 흐뭇하게 웃었다.

'여전히 천하태평하다고나 할까, 살짝 별난 놈이야… 이 녀석은.'

이제는 화를 낼 기운도 없었다.

"자, 겐야 씨. 입을 벌려 주세요."

"차랑 같이 넘기셔도 괜찮으니까요."

'빨리 다음 임무가 시작됐으면 좋겠는데….'

절실하게 그런 생각을 하고 있을 때 창밖에서,

"이노스케!"

"이모후케."

"이노스케!"

"이모스케."

"두목 이노스케!"

"또목 이모스케."

"이·노·스·케!!"

"이·모·스·케."

"아니야! 이노스케다!"

"이모스케다."

"크아아아아아아아아아아아악~~!!"

이런 맥 빠지는 대화가 들려왔다.

"저건 뭐 하는 거야?"

지나가듯이 묻자, 탄지로가 "아~ 저건 말이지."라며 웃었다.

"이노스케가 네즈코한테 자기 이름을 가르치는 중이야."

"이노스케? 그게 누군데?"

"우리 동기야. 늘 멧돼지 탈을 뒤집어쓰고, 상반신은 헐벗은데다, 저돌맹진이라면서 아무한테나 힘겨루기를 하려고 하지만, 좋은 녀석이야. 겐야 너도 금방 친해질 수 있어."

"아니… 지금 들은 정보로는 완전히 이상한 놈이잖아."

겐야가 어이없다는 투로 말했다.

그러자,

"자, 겐야 씨! 은근슬쩍 넘어가려고 하지 마시고 어서 식사하세요. 다들 걱정하니까요."

"맞아요. 한 입이라도 좋으니까 드세요."

스미와 아오이 둘에게 동시에 혼났다.

"자, 아~앙 하세요."

"겐야 씨."

"…제발 좀 봐주라."

겐야가 삶은 문어 같은 얼굴로 우는소리를 내자 아오이가
웃고, 탄지로가 웃고, 스미도 미소 지었다.

나비 저택의 병실 한 곳에 훈훈한 웃음소리가 가득 찼다.
이윽고 겐야의 입가에도 어렴풋이 미소가 번졌다.

제 5 화

웃지 않는 너에게

하늘 높이 뻗은 대나무가 바람에 휘어질 때마다 죽림 전체가 뭐라 형용할 수 없이 듣기 좋은 음색을 연주했다.

대련 도중 푸른 죽림 사이로 얼핏 엿보이는 하늘은, 무척이나 높게 느껴졌다.

"슬슬 휴식시간을 가질까."

"네."

수주 토미오카 기유의 훈련은 이곳 천년죽림에서 이루어졌다.

전 음주 우즈이 텐겐부터 시작된 주 훈련의 최종 지점인 이곳에 다다른 사람은 현재로선 탄지로 한 명뿐이었다.

그렇다고는 하나 탄지로가 여기 도착한 것도 겨우 수각(刻) 전이다.

심지어 그중 반각은 토미오카와 대련 중이던 풍주 시나즈가와 사네미에게 턱을 인정사정없이 얻어맞아서 기절해 있었다.

'시나즈가와 씨, 엄청나게 화내셨지….'

이래서야 동생인 겐야와의 사이를 중재하기란 아직 한참 먼 일이었다.

탄지로가 시무룩하게 어깨를 축 늘어트리고 있으니 눈앞에 죽통이 슥 나타났다.

"고맙습니다."

토미오카가 말없이 내밀어 준 죽통을 건네받아서 너무 차지도 미지근하지도 않은 지하수를 마셨다. 시원한 물이 목을 부드럽게 축여 줬다.

이제야 정신이 좀 들어서,

"시나즈가와 씨가 좋아하시는 건 으깬 팥소일까요, 통팥일까요?"

옆에 앉은 토미오카에게 말을 건넸다.

예전의 토미오카였다면 반응 없이 무시해 버렸을 내용이었을 텐데 웬일로 대답이 돌아왔다.

"…나는 으깬 팥소를 좋아하지만 시나즈가와는 통팥을 좋아할 것 같아…."

"아, 동감이에요. 저도 할머니가 만들어 주셨던 팥떡은 으깬 팥소라서 단연코 으깬 팥소파지만, 시나즈가와 씨는 통팥을 좋아하실 듯해요."

"하지만 만일을 대비해서 시나즈가와를 만날 때는 양쪽 다 품에 몰래 넣어 놓겠어."

"와~ 그럼 안심이네요!"

"…오늘 저녁에는 팥떡을 해 먹을까?"

"제가 만들겠습니다!"

한동안 시나즈가와 팥떡을 화제로 이야기꽃을 피웠다.

'기유 씨, 제법 기운을 차리셨나 봐.'

무슨 생각을 하는지 알 수 없는 점은 여전하지만, 조금은 밝아진 느낌이 들었다. 게다가 말수도 늘었다.

'자루소바 빨리 먹기 대결이 효과가 있었던 걸까? 그래서 마음을 열어 주신 거라면 기쁠 텐데.'

다음번에는 경단 빨리 먹기 대결을 제안해 볼까?

아니면 우동 대결이 좋으려나?

탄지로가 머릿속으로 몽글몽글 계획을 세울 때,

"지금까지의 주 훈련은 어땠어?"

토미오카가 질문을 툭 던졌다.

"힘들었나?" "네."

탄지로가 눈을 반짝였다.

"하지만 굉장히 즐거웠어요. 주 여러분은 너무 굉장하셔서요, 훈련할 때면 막 확~ 하고, 콰과과 해서, 콰~앙, 쿠~웅, 퍼~엉! 쿠오~ 쿠과앙~ 이렇게."

"…시나즈카와랑 접촉 금지라는 건 무슨 얘기야?"

어째선지 매우 먼 곳을 보는 듯한 눈이 됐던 토미오카가 돌연히 화제를 바꿨다.

"아, 그건 제가 시나즈가와 씨를 화나게 했거든요. 그래서 난투가 벌어지는 바람에. 젠이츠나 다른 대원들도 죄다 휘말리게 해서… 반성하고 있어요."

"나도 시나즈가와를 자주 화나게 해. 게다가 시나즈가와는 언제 봐도 대체로 화가 난 상태야."

"시나즈가와 씨는 늘 그러세요?"

탄지로의 물음에 토미오카가 고개를 끄덕였다.

그리고 "그러고 보니."라며 무표정으로 중얼거렸다. "나도 한 번 시나즈가와랑 접촉 금지 명령을 받은 적 있었어."

"네에? 기유 씨도요? 어째서요? 싸우셨어요?"

다 지난 일이라는 걸 알면서도, 탄지로가 어쩔 줄 몰라 했다.

자신과 시나즈가와였는데도 그만한 피해가 발생했다. 방금 전의 대련도 대단했는데 이 두 사람이 진심으로 붙으면 어떻게 될지….

겁이 나서 상상하고 싶지 않았다.

"괘, 괜찮으셨어요? 그게, 집이라든지… 사람이랑… 거리도…."

"아니, 싸운 건 아니고 시나즈가와가 일방적으로 나한테 화를 냈어. 시나즈가와뿐만 아니라 그날은 다른 주들도 어딘가 이상했지…."

탄지로의 걱정을 적당히 받아넘긴 토미오카가 눈앞의 죽림도 아닌 허공을 멍하니 바라봤다.

그의 특이한 앞머리를 바람이 난폭하게 훑고 지나갔다.

토미오카의 두 눈이 태양을 볼 때처럼 가늘어졌다.

"그건 분명…."

"…이게 대체 뭐 하자는 겁니까~? 히메지마 씨~"

우부야시키 저택의 아름다운 안뜰과 마주보는 응접실과는 어울리지 않는 매우 거친 목소리가 불만을 가감 없이 나타냈다.

"주합회의도 아닌데 갑자기 불러들여서는. 어떻게 책임질 생각이시죠?"

"긴급한 용건이다."

시나즈가와가 정면에서 노려보는데도 히메지마는 꿈쩍도 하지 않았다.

곰도 도망칠 듯한 거구인 것도 있지만, 암주 히메지마 교메이는 귀살대 최강이라 불리는 남자였다. 차원이 다른 강함에 대원으로서의 경력도 길고, 현재의 주들 중에서는 제일 연장자여서 모두의 의견을 모으고 중재하는 역할을 맡을 때가 잦았다.

"사적인 일로 불러들인 것도 아니다. 큰 어르신의 뜻이지."

히메지마가 냉담하게 대답하자 시나즈가와는 "잭!"이라고 혀를 차면서 동료에게서 떨어졌다. 큰 어르신의 이름이 나왔으니 그 이상 트집 잡지 않고 몸을 사린 것이리라. 큰 어르신을 향한 시나즈가와의 충성심은 특히 남달랐다.

물론 그건 이 자리에 있는 모두가 마찬가지이지만…이라고 생각하던 코쵸우 시노부가 문득 미간을 찌푸렸다. 주의 머릿수가 부족했다.

"히메지마 씨, 토미오카 씨의 모습이 보이지 않는 것 같은데요."

"안 보여? 쓸데없이 돌려 말하지 마, 코쵸우. 그 남자라면 아직 안 왔어. 가령 녀석이 이대로 영영 오지 않을 생각이라 해도 난 하나도 놀라지 않을 거야."

시노부의 물음에 히메지마가 아닌 이구로 오바나이가 대답했다. 대체 누가 돌려 말하고 있는지. 그러나 그가 끈적끈적한 말투로 빈정거리는 건 하루 이틀 일도 아니었다.

"안 봐도 뻔해. 늘 제멋대로 구는 그 남자라면 아마 너희끼리 알아서 해라, 난 상관없는 일이다 같은 소리나 내뱉겠지."

"뭐라고…? 그 망할 자식이."

이구로의 말을 그대로 믿어 버린 시나즈가와가 토미오카를 향한 노기를 노골적으로 드러냈다.

"시나즈가와 씨, 방금 그건 어디까지나 이구로 씨의 상상이

니까요."

시노부가 슬며시 참견했다. 상상으로까지 욕을 먹는 건 아무래도 좀 가엾었다.

그러자 히메지마가 마침내 시노부의 질문에 대답했다.

"토미오카에게는 지금부터 반각 후에 오라고 전달했다."

"어째서요? 히메지마 씨."

"뭐냐? 그 사이에 회의를 끝내자는 거야? 녀석에게 반박할 여유도 주지 않고?"

의아하게 묻는 시노부 옆에서 우즈이가 께느른하게 농담을 던졌다. "아하, 알겠다. 협조성이 떨어지는 수주를 마침내 해고하려는 거로군."

"음, 그건 안 된다!"

그때, 이제까지 팔짱을 끼고 입을 다물고 있던 렌고쿠 쿄쥬로가 불쑥 외쳤다.

"뒤에서 몰래 그러는 건 안 돼! 기왕 할 거면 정정당당하게 토미오카에게 불평불만을 말하면 된다! 그렇지? 토키토!"

"난 딱히 어느 쪽이든 상관없어."

가만히 있다 느닷없이 질문을 받은 무이치로가 멍하니 대답했다. 그 유리구슬 같은 두 눈은 활짝 열린 장지문 너머로 펼쳐지는 정원에서 노니는 작은 새를 바라보고 있었다.

"토미오카 씨에 대해선 잘 알지도 못하고, 어차피 금세 잊어버릴 테니까."

"나는 찬성이다. 해고고 뭐고, 이 자리에서 흠씬 두들겨 패 버리겠어."

시나즈가와가 그렇게 말하면서 양손가락의 관절을 꺾으며 뚜두두둑 소리를 내자 이구로도,

"나도 찬성이야. 녀석은 화합을 깨."

"에엑~? 그럴 수가~ 그럼 안 돼! 다들 친하게 지내야지."

미츠리가 당황해서 동료들을 둘러봤다.

'역시 토미오카 씨야. 생각한 것 이상으로 미움받고 있네요.'

이제부터 어떡하면 좋을지를 시노부가 생각하고 있을 때, 뭔가가 팡 하고 파열하는 소리가 고막을 강타했다.

"모두 조용히."

히메지마가 가볍게 손뼉을 친 것이다.

단지 그것만으로 모골이 송연해졌다. 지금도 살갗에 돋은 소름이 가시질 않았다.

모두가 입을 다무는 가운데 히메지마가 보이지 않는 눈으로 일동을 쏘아보더니,

"해고 같은 게 아니야. 너희는 잠시 후에 올 토미오카를 웃게 해 주길 바란다. 그러기 위해 의논할 시간을 마련했을 뿐."

뜻하지 않은 말에 놀라지 않은 사람은 아마 무이치로 정도일 것이다.

애초에 그는 이 자리에 있는 모든 것에 눈곱만큼의 관심도 갖지 않았다. 그의 눈은 시종일관 정원의 작은 새를 좇고 있었다.

반대로 가장 격분한 사람은 시나즈가와여서 다시 한번 히메지마에게 따지고 들었다.

"예에?! 토미오카를 웃기라고요? 왜 저희가 그런 짓을 해야 합니까?!"

"그것이 큰 어르신의 소망이기 때문이다."

히메지마는 덤덤한 목소리로 그렇게 말한 다음, 자신이 큰 어르신 우부야시키 카가야에게 들은 말을 모두에게 전달했다.

"…이런 연유다."

"토미오카 씨의 웃는 얼굴을 보고 싶으시다…는 건가요?"

시노부가 고개를 갸웃거렸다.

"큰 어르신께서 정말로 그렇게 말씀하셨나요?"

"그래. 큰 어르신께서는 토미오카가 도무지 웃지 않는 것을
늘 괘념하셨다. 그래서 내게 이렇게 말씀하셨어. '기유가 진심
으로 웃는 얼굴을 볼 수만 있다면 얼마나 기쁠까.'라고."

"그러고 보니 토미오카 씨가 웃는 모습은 본 적이 없는 것
같아…. 어떤 얼굴로 웃으려나?"

"나는 저놈이 웃는 것도 본 적이 없는데 말이야."

미츠리의 말을 받아 우즈이가 홀로 정원을 바라보는 무이치
로를 턱짓으로 가볍게 가리켰다. "왜 토미오카뿐이지?"

"하긴…."

시노부가 고개를 끄덕였다.

토키토 무이치로 역시 지독한 무표정이었다.

유일한 가족이던 쌍둥이 형이 눈앞에서 도깨비에게 살해당
한 데다, 자신도 크게 다쳐 사경을 헤맸다는 소년은 기억을 잃
었고, 도깨비를 사냥할 때를 제외하면 마치 텅 빈 인형 같았
다. 무이치로 또래의 남동생이 있어서인지 렌고쿠가 평소 걱
정하고 보살펴 주지만, 그런 렌고쿠에게도 마음을 연 것 같지

는 않았다.

그런데도 토미오카 한 명의 이름만 거론된 것은 약간 이상했다.

그건 히메지마도 같은 마음이었는지,

"나도 너희와 같은 의문을 품었다만…."

이라며 살짝 미간을 찡그렸다.

"큰 어르신께서 말씀하시길, 토키토는 진짜 자신을 기억해낸다면 분명 웃을 수 있겠지만, 토미오카는 자신을 스스로 몰아넣고 있다는 모양이다. 스스로 원해서 모두에게 등을 돌리고 있다고."

"…자신이 자신을 말인가요."

시노부가 중얼거렸다.

그 말을 들으니 납득이 갔다.

지금 세대에 국한된 것인지는 모르겠지만 주들은 각자가 상당히 개성적이다. 그리고 렌고쿠와 미츠리, 시노부를 제외하면 별로 붙임성이 좋은 편은 아니었다.

토미오카와 토키토 둘의 무표정이 두드러질 뿐, 히메지마와 시나즈가와, 이구로도 충분히 무뚝뚝한 편이었다. 우즈이는 사교성이 없지는 않으나 꽤나 기분파였다.

하지만 주끼리의 인간관계만 놓고 보자면 모두 그럭저럭 잘 지냈다. 귀살대를 짊어지는 주라는 자부심이 그렇게 만드는 것이리라.

그러나 토미오카는 달랐다.

그만큼은 시노부가 보기에도 조금 제멋대로인 성격이었다. 그리고 말을 너무 생략해서 하는 경향이 있었다. 때문에 특히 시나즈가와, 이구로, 때때로 우즈이나 히메지마와도 충돌하기 일쑤였다.

큰 어르신이 걱정하시는 것도 십중팔구 그런 점일 것이다.

'요컨대 고립되기 쉬운 토미오카 씨를 같은 동료 주로서 신경 써 줬으면 한다는 뜻이군요.'

실로 큰 어르신다운 배려였다.

아마도 히메지마는 다소 고지식하다 보니 그 말씀을 있는 그대로 받아들였으리라.

그렇다면 이걸 어떻게 정정해야 할지 고민할 때,

"토미오카를 웃기면 되는 거로군! 다른 누구도 아닌 큰 어르신의 소망이다! 이 렌고쿠 쿄쥬로가 발 벗고 나서도록 하지!"

자리에서 기세 좋게 일어난 렌고쿠가 큰 소리로 선언했다. 시노부가 저도 모르게 기우뚱 쓰러질 뻔했다. 있는 그대로 받

아들인 남자가 여기 또 있었다.

"…저어, 히메지마 씨랑 렌고쿠 씨. 큰 어르신은 그런 의미로 말씀하신 게….."

시노부가 넌지시 정정해 주려 하는데,

"나도 힘낼게! 토미오카 씨의 웃는 얼굴도 보고 싶고, 무엇보다도 큰 어르신을 위해서인걸!"

마찬가지로 일어난 미츠리가 뺨을 붉게 물들이며 선언했다. 두 손을 가슴 앞에 모으고 눈을 반짝반짝 빛냈다.

"아뇨, 칸로지 씨… 그러니까 그건."

"좋은 마음가짐이다! 칸로지!"

"렌고쿠 씨….."

렌고쿠가 어깨를 다독이자 꺄아, 하고 양 뺨에 손을 갖다 댄 미츠리의 얼굴이 더욱 새빨개졌다. 그러자 이구로가 즉각 두 사람 사이로 꾸역꾸역 끼어들었다.

"칸로지가 할 거면 까짓것 나도 돕도록 하지. 토미오카를 웃기기 위해서라는 이유가 죽을 만큼 안 내키긴 하지만."

"이구로 씨! 정말?"

"그래, 함께 힘내자! 이구로! 칸로지!"

"렌고쿠, 알았으니까 칸로지한테 가까이 달라붙지 마."

시노부가 머리를 감싸 쥐었다.

이구로에 이르러서는 이제 큰 어르신의 말씀을 이해하고 못하고와 별개의 문제였다. 미츠리는 과거 렌고쿠의 츠구코였던 적이 있었다. 개성이 너무 강한 탓에 결국은 독립했지만, 한때는 사제지간이었다. 그런 사정도 있어서 미츠리가 옛 스승에게 설레는 걸 저지하고자 깊이 생각하지도 않고 찬성의 뜻을 내비친 것이리라.

그때, 시나즈가와가 난폭하게 일어났다.

"쳇. 그딴 광대 짓을 하는 게 목적이라면 난 돌아가겠어. 네 놈들끼리 어디 실컷 웃겨 보라고."

밉살스럽게 내뱉고는 저택을 떠나려 했다.

'살(殺)' 자가 새겨진 그 뒷모습에 대고 히메지마가 "…시나즈가와."라고 이름을 불렀다.

"너는 큰 어르신의 뜻을 거스르는 것이냐."

큰 어르신의 이름이 나오자 시나즈가와의 걸음이 멈췄다.

"큰 어르신의 바람을 밟아 뭉갤 각오가 되어 있다면, 지금 당장 이 자리에서 물러나라."

"…윽…."

"말리지는 않겠다. 동참하든 안 하든 네 자유야."

히메지마의 목소리는 고요했다. 그래서 더욱 형언할 수 없
는 위압감이 느껴졌다.

시나즈가와는 얼마간 말없이 분노를 견디고 있었으나 이윽
고 다시 자리에 털썩 주저앉았다.

"그럼, 토미오카를 웃길 방법을 생각해 보자. 헌데 나는 남
을 웃기는 데는 그다지 소질이 없어. 그러므로 부디 모두의 기
탄없는 의견을 들려 다오."

히메지마가 일동을 향해 자못 진지하게 말했다.

그 누구도 반대 의견을 내놓지 않았다.

아무래도 시노부를 제외한 전원이 큰 어르신의 참뜻을 한참
잘못 이해한 모양이었다.

바야흐로 시작되려 하는 실로 기묘한 회의를 앞두고 시노부
는 일찌감치 정정을 포기한 채 해탈의 경지에 다다르려 했다.

"실례하지."

"…어, 토미오카. 늦었구나. 뭐, 너도 들어와."

뒤늦게 도착한 토미오카가 장지문을 열자 뒤를 돌아본 우즈이가 거리낌 없이 인사를 건넸다. 그에 반해 토미오카는 말없이 실내를 둘러보더니 뭐라 표현하기 어려운 표정을 지었다.

그야 그럴 거라고 시노부는 내심 토미오카를 동정했다.

주합회의도 아닌데 한 자리에 모인 주들이 어째선지 팔씨름 대결에 열을 올리고 있는 것이다. 누구든지, 그게 자신이라도 곤혹스러웠으리라.

응접실 중앙에 놓인 낮은 책상 3개에는 때마침 무이치로 대 미츠리, 시나즈가와 대 이구로, 히메지마 대 우즈이의 승부가 끝난 참이었다.

참고로 이 팔씨름 대회를 제안한 사람은 우즈이였다.

물론 진심으로 승부할 리는 없었다. 대충 토미오카가 우승하게 만들어서 기분을 좋게 해 주려는 속셈이겠지. 단순하지만 그렇다고 나쁜 작전도 아니었다. 오히려 화려함이 신조인 우즈이치고는 지극히 상식적이고 뛰어난 책략이라고 볼 수 있었다.

우즈이가 히메지마에 의해 책상에 내동댕이쳐진 오른손을

흔들어 보였다.

"히메지마 형씨가 되게 강해서 말이야. 네가 화려하게 도전해 봐라."

"…나는 이만 실례하겠다."

곤혹감을 떨쳐 낸 토미오카는 무덤덤하게 그렇게 말하고는 뒤로 빙그르 돌아 그냥 돌아가려 했다.

그런 동료의 겉옷 소매를 시노부가 후다닥 붙잡았다.

"여전히 따로 노시네요, 토미오카 씨. 주끼리 친목을 다지는 것도 중요한 일이에요."

"너희끼리 많이 다지도록 해. 난 상관없는 일이야."

"지금 돌아가 버리면 토미오카 기유는 히메지마 교메이가 겁나서 꼬리를 말고 도망쳤다는 소리를 들을 텐데요? 그래도 괜찮아요?"

시노부의 말에 토미오카의 미간이 살짝 꿈틀댔다.

이래 봬도 토미오카는 의외로 지기 싫어하는 면이 있었다. 그걸 알기에 일부러 도발한 것이다.

"자, 자. 힘내세요, 토미오카 씨. 응원하고 있어요."

싱긋 미소 지으면서 시노부가 토미오카의 등을 꾹꾹 밀었다. 그대로 히메지마가 기다리는 응접실 중앙까지 밀어붙였다.

우즈이가 일어나서 토미오카를 위해서 자리를 비워 줬다. 책상 옆에서 대기하던 렌고쿠가 새하얀 치아를 드러내며 말했다.

"그럼 나, 렌고쿠 쿄쥬로가 심판을 맡겠다! 두 사람 모두 남자답게, 정정당당하게 승부하도록!"

그러겠다고 대답하는 히메지마에게 우즈이가 "히메지마 씨."라고 은근슬쩍 신호를 줬다.

이어지는 말은 없었지만 '적당히 상대하다가 져 줘.'라는 뜻이리라.

히메지마 쪽도 알았다는 듯이 고개를 끄덕였다.

책상 위에 놓인 히메지마의, 말 그대로 바위 같은 손을 토미오카가 무표정하게 쥐었다.

그리고….

"…대체 어떻게 된 거죠?"

시노부가 최대한 작은 목소리로 우즈이에게 물었다.

짜고 치는 팔씨름 대결로 토미오카를 우승하게 만들어 기분을 띄워 줘서 잘 하면 웃는 얼굴까지… 그런 작전일 터였다.

그러나 뚜껑을 열고 보니 히메지마에게 순식간에 패배한 것도 모자라 우즈이, 렌고쿠, 시나즈가와에게까지 졌다. 체격이 좋은 우즈이는 그렇다 쳐도 렌고쿠나 시나즈가와는 토미오카와 거의 엇비슷한 체형이다. 가까스로 여성인 미츠리는 이겼지만, 이래서는 웃는 얼굴이고 뭐고 울지나 않으면 다행이었다.

토미오카 쪽을 힐끔 쳐다보니 연극용 가면 같은 얼굴로 응접실에 앉아 있었다.

"평범하게 이기면 어떡해요, 우즈이 씨."

시노부가 목소리를 더욱 낮추고 우즈이를 나무랐다. 우즈이는 성가시다는 표정으로 쇄골 근처를 긁적긁적 긁으면서,

"아니, 별수 없잖아. 제일 첫 판에 히메지마 형씨가 홀라당 이겨 버렸으니 내가 일부러 져 줄 필요도 없지."

"히메지마 씨도 왜 그러셨어요."

시노부가 이번에는 히메지마에게 따지자 히메지마는 나지막이 중얼거렸다.

"이 팔씨름 대결에는 그런 의도가 있었나…."

"설마… 모르셨어요?"

"…나무(南無)."

히메지마가 천천히 합장을 하고 허공을 바라봤다.

그렇다면 왜 그때, 우즈이의 신호에 그리도 믿음직스럽게 고개를 끄덕였단 말인가.

시노부가 마음속으로 머리를 감싸 쥐고 있자 우즈이가 뒤에서 시노부의 머리에 한손을 툭 올렸다. 그리고 자못 남의 일인 것처럼 말했다.

"야, 코쵸우. 자기가 꼴찌가 됐다고 해서 그렇게 화내지 마."

"그런 일로 화가 난 게 아니에요. 어이가 없어서 그렇죠."

"그나저나 팔 힘 진짜 없구나, 너. 더 단련하는 게 좋지 않겠어? 뭐냐고, 그 가냘픈 팔은."

"실전에서는 힘이 전부가 아니니까요."

발끈한 시노부가 미소를 유지한 채로 우즈이의 손을 쳐내자 미츠리가 부리나케 다가왔다.

"걱정 마, 시노부. 다음에는 내가 나설게."

일단은 작은 목소리로 속삭였지만, 유난히 기합이 들어 있었다.

"칸로지 씨···."

"난 있지, 이래 봬도 사람을 웃기는 게 특기야. 맡겨 줘!"

미츠리는 그렇게 말하더니 풍만한 가슴을 쿵 두드렸다.

상기된 뺨. 의기양양하게 빛나는 두 눈. 그야말로 자신만만, 자신감의 결정체였다.

"지금까지 몇십 번이나 칭얼거리는 동생들을 웃게 만들었으니까."

"칭얼거리는···?"

이해할 수 없는 단어가 튀어나와서 시노부가 미간을 찌푸렸다.

'그러고 보니, 칸로지 씨의 동생들은···.'

무지막지하게 불길한 예감을 느끼면서 이전에 미츠리가 이야기했던 그들의 나이를 떠올리는데,

"토·미·오·카·씨."

미츠리는 이미 토미오카에게 다가가 있었다. 그리고,

"간질간질간질간질~!"

이라고 말하며 토미오카의 옆구리를 간지럽히기 시작했다.

"항복~? 항복~? 항복 안 하면 더 간지럽힌다~?"

"……."

"간질간질간질간질~!"

'칸로지 씨….'

저도 모르게 먼 곳을 보는 눈이 되어 버렸다.

확실히 옆구리를 간지럽히면 사람은 웃는다. 어린아이는 특히 간지럼당하는 걸 좋아한다.

상대가 탄지로나 이노스케 같은 아이들이었다면 저택이 떠나가라 웃었을 테고, 어쩌면 이노스케는 "그만둬. 이 몸을 해롱해롱하게 만들지 마!"라며 화냈을지도 모르고, 젠이츠라면 "우와아아아, 행복해!!"라고 기쁨에 몸부림쳤으리라.

그러나 상대는 어엿한 성인 남성이었다.

심지어 그 토미오카….

"아… 죄, 죄송해요."

예상대로 웃음은 요만큼도 나오지 않았고 도리어 약간 불쾌해하는 눈치인, 아니, 기겁하기까지 한 토미오카의 모습에 불

현듯 제정신이 돌아온 듯한 미츠리가 새빨개진 얼굴로 토미오카에게서 떨어지더니 그 자리에 힘없이 쭈그려 앉았다.

"…정말… 죄송해요…. 나… 그냥 사라지고 싶어…."

창피한 나머지 금방이라도 울음을 터트릴 것 같았다.

그런 그녀를 감싸듯이 일어선 이구로가,

"토미오카… 너한테는 사람의 마음이 없는 거냐…?"

원한이 담긴 두 눈으로 토미오카를 노려봤다. "칸로지의 갸륵한 노력을 짓밟은 네놈을 난 용서 안 해. 영원히 말이야."

분노로 목소리는 떨리고 관자놀이에 대량의 핏줄이 솟아났다.

토미오카를 웃긴다는 사명 따위 그의 머릿속에서 싹 사라진 지 오래이리라. 당장이라도 칼을 뽑아들 기세였다.

토미오카는 토미오카대로 이구로를 차갑게 바라보고 있었다.

그 일촉즉발의 분위기를 깨 버리듯 쓸데없이 큰 소리가 나면서 장지문이 열렸다.

"걱정 마라! 이구로! 칸로지! 이제부터는 나한테 맡겨!!"

그곳에는 어느 틈에 응접실 밖으로 나갔는지 모를 렌고쿠 쿄쥬로가 서 있었다.

의기양양하게 들어온 그의 머리 위에 처음 보는 안경이 놓여 있는 것을 본 순간, 시노부는 현기증이 났다.

"토미오카여! 혹시 내 안경이 어디 있는지 모르나? 아까부터 찾고 있다만, 아무 데도 없어서 말이다!"

"…머리 위다."

토미오카가 나지막이 중얼거렸다. "렌고쿠는 눈만 나빠진 게 아니라 머리까지 나빠졌나?"

아주 잠깐 그 자리에 정지했던 렌고쿠는,

"끄응."

하고 신음하더니,

"무리다!!"

라고 외쳤다.

"몇 명이 매달리든 토미오카를 웃기는 건 불가능해!"

'…아뇨, 렌고쿠 씨… 방금 그건 저도 좀 아니지 싶어요.'

시노부가 그렇게 말하고 싶은 걸 꾹 참으면서,

"애초에 원래 안경을 쓰셨나요?"

라고 묻자,

"아니! 나는 30간[*] 앞까지는 똑똑히 잘 보인다. 이건 방금 사 온 거야!"

너무 해맑은 미소가 돌아왔다.

지금 소품까지 사 와서 펼친 작전이 장렬하게 실패로 돌아 갔음에도 전혀 개의치 않았다.

애초에 이 사람은 토미오카 앞에서 목소리를 낮추지도 않는 다.

이로써 남은 사람은 이구로, 무이치로, 히메지마, 시나즈가 와, 그리고 시노부까지 5명이지만, 이구로는 이미 증오의 화 신으로 변해 있었다. 토미오카를 웃길 게 아니라 오히려 죽이 고 싶을 테지. 무이치로는 원래부터 의욕이 없었고, 시나즈가 와야 당연히 논외였다.

히메지마는 본인 입으로 남을 웃기는 데 그다지 소질이 없

※30간 : 약 54.5m.

다고 했으니 눈곱만큼도 기대할 수 없었다.

실질적으로 남은 사람은 자신뿐.

시노부가 미동도 없는 토미오카의 무표정한 얼굴을 쳐다봤다.

'토미오카 씨를 웃기기, 라….'

애초에 이 사람이 웃을 때가 있기는 하냐는 실례되는 생각을 하다가 "아!" 하고 퍼뜩 깨달았다.

아니, 그렇지 않다. 단지 웃기기만 하는 거라면 시나즈가와라도 가능했다.

그것이 있다.

실제로 시노부는 과거에 한 번, 토미오카가 헤롱헤롱 미소 짓는 모습을 본 적이 있었다. 그때 그가 먹었던 것은….

시노부는 응접실을 둘러보고는 열 받아서 폭발하기 직전인 시나즈가와에게로 걸어갔다.

"시나즈가와 씨, 시나즈가와 씨."

"어엉? 뭐야?"

핏발이 선 눈으로 노려보는, 인상이 상당히 별로인 동료에게 시노부가 소곤소곤 귓속말을 했다. 연어 무조림이라고.

"토미오카 씨는 연어 무조림을 좋아해요."

"뭐어~?"

"그걸 먹으면 반드시 웃을 거예요."

일부러 과장되게 싱긋 미소 짓자 시나즈가와는 금방이라도 찔러 죽일 것 같은 눈빛으로 시노부를 쏘아봤다.

"너 지금 나랑 농담 따먹기라도 하자는 거냐?"

"설마요. 농담하는 게 아니에요, 정말로요. 그러니까 토미오카 씨에게 제안해 주세요. 함께 연어 무조림을 먹으러 가자고."

철저하게 작은 목소리로 말하는 시노부와는 달리 시나즈가와는 노발대발해서 고함을 쳤다.

"허어어어어어어? 왜 내가 그딴 짓을 해야 하지?! 코쵸우, 네 녀석이 가자고 하면 될 일…."

"큰 어르신을 위해서예요."

시노부가 비장의 수단을 꺼내자 시나즈가와의 말문이 턱 막혔다.

시노부가 이때다 하고 설득의 말을 덧붙였다.

"생각을 해 보세요. 시나즈가와 씨가 토미오카 씨를 웃기는

데 성공하면 큰 어르신께서 얼마나 기뻐하실지. '고맙다, 사네미. 사네미는 역시 대단한 아이야.'라며 미소를 지어 주실 거예요. 분명히."

"큭…."

시나즈가와가 두 눈을 부릅떴다.

그 후, 얼마간 말이 없었지만 이윽고 토미오카 쪽을 돌아봤다.

자연스럽게 시노부도 그쪽을 쳐다봤다.

토미오카 기유는 여전히 어딜 보는지, 무슨 생각을 하는지 알 수 없는 표정이었다. 본인에게 그런 의도는 없겠지만, 상대를 깔보는 것으로밖에 보이지 않는 얼굴이었다.

역시나 토미오카의 얼굴을 본 것만으로 시나즈가와의 두 팔이 부들부들 떨리고, 관자놀이 부근의 혈관은 펄떡펄떡 뛰었다.

그러나….

"이… 이봐, 토, 토미오카."

그럼에도 토미오카에게 말을 건넨 건 그것이 아버지처럼 따르는 큰 어르신의 소망이어서겠지.

화가 나서 떨리는 목소리는 뒤집어지고, 입가에는 분노가

허용범위를 초과했는지 미소 같은 것이 어렴풋이 떠올라 있었다. 그야말로 눈물 나는 노력이었다.

"지… 지금부터 연어 무조림 먹으러 안 갈 테냐?"
"안 가."

즉답.
'…토미오카 씨.'

당신이라는 사람은….

시노부가 눈을 질끈 감았다.

시나즈가와의 혈관이 빠직 하고 끊어지는 소리가 묘하게 가까이에서 들렸다.

"연어 무조림이라면 아까 먹었어."

이어지는 토미오카의 말은 시나즈가와 사네미의 짐승과도 같은 노성에 의해 덧없이 지워졌다.

"그런 일이 있었군요."

"있었어."

감탄하듯이 중얼거린 탄지로에게 토미오카가 고개를 끄덕였다.

탄지로는 하아, 하고 한숨을 내쉬었다. 주들 사이에 있었던 일을 듣는 건 처음이었다.

그곳에는 지금은 없는 렌고쿠 쿄쥬로의 모습도 있었다. 그의 씩씩하고 활기찬 모습을 떠올리자 탄지로의 가슴속이 따스해졌다.

'다음에 센쥬로에게 편지로 알려 줘야지.'

그런 생각을 하는데 토미오카가 멍하니 중얼거렸다.

"지금 다시 생각해 봐도 시나즈가와가 왜 그렇게까지 화를 냈는지 모르겠어."

탄지로는 고개를 갸웃거리며 고민하다가,

"그렇지."

손뼉을 짝 쳤다.

"분명 시나즈가와 씨는 기유 씨와 같이 연어 무조림을 먹으러 가고 싶었던 거예요."

"시나즈가와가… 나하고?"

토미오카가 다소 놀란 듯한 표정을 지었다.

"네! 그러니 기유 씨에게 거절당해서 슬펐던 게 아닐까요?"

"그렇구나…."

탄지로의 추리를 들은 토미오카가 잠시 뭔가를 생각하다 머지않아,

"팥떡을 줘서 친해지면 다음에는 내 쪽에서 시나즈가와에게 권해 보겠어. 함께 연어 무조림을 먹으러 가지 않겠느냐고."

"좋은 생각이네요! 더욱더 친해질 수 있을 게 분명해요."

탄지로가 미소를 지으며 확신에 찬 목소리로 말하자, 토미오카의 얼굴에도 아주 조금 행복감이 엿보였다.

의외로 어린아이 같은 옆얼굴에 피어난 그 엷은 미소에 탄지로도 기뻐졌다.

지금의 토미오카라면 분명 모두와 친해질 수 있겠지….

언젠가 주들 사이에서 활짝 웃는 토미오카를 볼 수 있었으면 좋겠다.

상당히 서투르고, 절망적으로 말주변이 없고, 그래도 사실은 무척이나 다정한 이 사람이 동료들에게 둘러싸여서 행복하게 웃어 준다면 얼마나 기쁠까.

'렌고쿠 씨에게도 보여 드리고 싶었는데….'

아니, 그 역시 그 자리에서 함께 웃고 있기를 바랐다.

세상을 떠난 이의 태양 같은 미소를 떠올리자 코 안쪽이 시큰해졌다.

"탄지로, 슬슬 훈련을 재개하자."

"네!"

사형의 재촉에 다급히 코를 훌쩍인 탄지로가 자리에서 일어났다.

좌우간 지금은 강해지는 게 급선무다.

강해져서 더는 그 누구도… 무엇 하나 빼앗아가게 놔두지 않겠어.

탄지로는 싱그러운 대나무 내음을 싣고 세차게 불어온 바람을 맞으면서 두 손으로 목도의 손잡이를 강하게 그러쥐었다.

"…감동했다."

"네?"

황당한 그 한마디에 시노부뿐만 아니라 전원이 미간을 찡그렸다.

"감동했어."

"저기… 죄송합니다. 잘 안 들렸어요. 무엇에 감동하셨다는 거죠?"

시노부가 양쪽 눈썹을 축 늘어뜨리고 상냥하게 물었다.

"…그렇게나 가슴에 사무치는 가사는 태어나서 처음 들었어."

토미오카는 그 말만 남기고 노래의 여운을 곱씹듯이 눈을 꼭 감은 채 다시 한번 뜨거운 눈물을 흘렸다.

"왜 너한테는 여친이 있고 나는 없는 거지?♪ 뭐가 잘못된 거야~ 전생인가? 뭔가 죄를 저질렀나~?♪♪"

이웃 주민을 위한 방음 대책을 위해 필요 이상으로 밀폐된

체육관 안.

안쪽 무대에서는 하이카라 반카라 데모크라시의 살인병기급 연주가 실시간으로 펼쳐지는 중이었다.

"센쥬로! 얼른 들것 가져와!!"

"네!"

"구호용 텐트가 꽉 찼어요."

"체육창고를 사용하죠. 짐들을 안쪽으로 밀어 넣어요."

각자 귀마개를 낀 실행위원들이 열심히 구조 활동을 펼치는 중에도 그 노력을 비웃듯이 학생들이 차례차례 쓰러져 갔다.

끊임없는 신음 소리.

그리고 비명.

음악제 현장은 지옥으로 변했다.

"발굽에 걸어 차여도, 상대가 부웅 날아가 도망쳐도, 전혀 아무렇지 않을 거야~ 머리가 나쁘니까~ ♪"

"얼음이 부족해요!!"

"대야 좀 빨리!"

"코쵸우 선배, 이분은 눈을 까뒤집고 헛소리를 하세요!"

"지금 갑니다."

"에어컨 온도를 좀 더 낮출 수 있나요?"

센쥬로, 아오이, 카나오, 시노부의 긴박한 목소리를 폭발음이 묻어 버린다.

그런 와중에 토미오카만 감동의 눈물을 흘리고 있었다.

"냉대하지 말아 줘, 그건 권총으로 배를 쏘는 거나 마찬가지니까~♪ 개소름이니, 무리라느니, 그러지 말아 줘. 그건 칼로 찌르는 거야~ 말하지 마! 눈치껏 굴 테니까♪ 나, 눈치는 있는 놈이야~♪"

"나, 눈치는 있는 놈이야…."

"……."

이 아비규환 속에서 뜨거운 눈물을 흘리며 중얼중얼 노래 가사를 읊조리는 토미오카의 모습은 쓰러져 가는 학생들 눈에 과연 어떻게 비쳤을까…?

이날 이후로 토미오카 기유는 학생들에게 더욱 두려움을 사게 됐고, 원흉인 하이카라 반카라 데모크라시보다 공포의 대상이 되었지만, 굳이 지금 다루지는 않겠다.

또한 가사의 어떤 부분이 그의 마음에 그리도 사무쳤는지. 그 강철의 눈물샘이 왜 붕괴되었는지는 아직도 수수께끼로 남아 있다.

「귀멸의 칼날 한쪽 날개의 나비」 마침

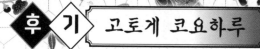

후기 ─ 고토게 코요하루

여러분, 소설은 어떠셨나요?

즐겁게 읽어 주셨다면 기쁘겠습니다.

삽화를 담당했는데요, 여러 일이 겹치다 보니

작가의 머리가 고장 나는 바람에 렌고쿠 씨가

안경 개그를 펼치는 장면을 실수로 귀멸 학원 복장으로

그리는 등의 문제가 발생했습니다.

하지만 j-BOOKS 쪽에서 재빨리 알아차려 주셔서

수정할 수 있었어요.

그 후, 맛있는 차를 선물받아서

어쩐지 실수를 저지른 녀석이 오히려 득을 보는

이상한 상황도 발생했네요.

한 권의 책은 많은 분들의 손을 거쳐서 제작된다는 것을

새삼 실감했습니다.

관계자 여러분, 정말 감사합니다.

치아는 소중히 관리합시다.

머리를 물리면
굉장히 이상한 느낌이 들어서
대부분은 이런 표정을
짓게 돼요.

후기 야지마 아야

『귀멸의 칼날』소설 제2권을 집필할 기회를 주셔서 감사합니다.

이것도 다 여러분 덕분이에요.

사랑하는 귀멸의 세계를 망가트리지 않도록

성심성의껏 집필했습니다.

고토게 선생님, 주간 연재 및 애니메이션&팬북&단편집 등으로

굉장히 바쁘신 와중에도 감수 작업을 해 주셔서

정말 감사했습니다.

우즈이 씨는 이노스케를 '이노스케'라고 부르지 않는다든지,

히메지마 씨한테는 '씨'를 붙인다든지, 젠이츠의 말투 등,

선생님의 코멘트를 받을 때마다 감사하고 황송한 나머지

컴퓨터 앞에서 폭포수 같은 눈물을 흘렸어요.

너무 행복해서 저도 모르게 컴퓨터 앞에 풀썩 엎어졌습니다.

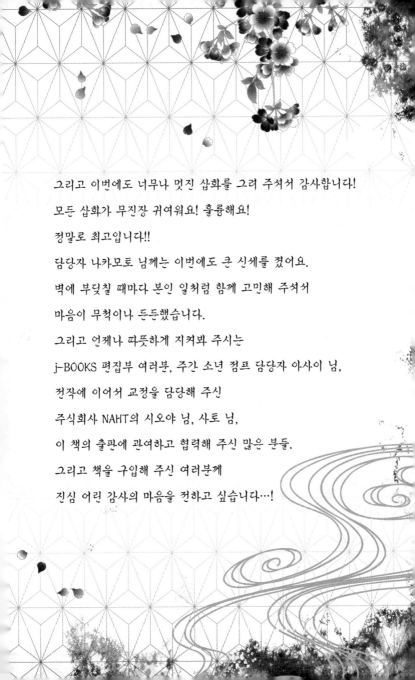

그리고 이번에도 너무나 멋진 삽화를 그려 주셔서 감사합니다!

모든 삽화가 무진장 귀여워요! 훌륭해요!

정말로 최고입니다!!

담당자 나카모토 님께는 이번에도 큰 신세를 졌어요.

벽에 부딪칠 때마다 본인 일처럼 함께 고민해 주셔서

마음이 무척이나 든든했습니다.

그리고 언제나 따뜻하게 지켜봐 주시는

j-BOOKS 편집부 여러분, 주간 소년 점프 담당자 아사이 님,

전작에 이어서 교정을 담당해 주신

주식회사 NAHT의 시오야 님, 사토 님,

이 책의 출판에 관여하고 협력해 주신 많은 분들.

그리고 책을 구입해 주신 여러분께

진심 어린 감사의 마음을 전하고 싶습니다…!

귀멸의 칼날
-한쪽 날개의 나비-

2022년 2월 10일 초판 발행
2024년 9월 10일 3쇄 발행

저자 야지마 아야 | **원작·일러스트** 고토게 코요하루 | **옮긴이** 김시내
발행인 정동훈 | **편집인** 여영아
편집 팀장 황정아 김은실 | **편집** 노혜림
발행처 (주)학산문화사 | 서울특별시 동작구 상도로 282 학산빌딩
편집부 02.828.8838(전화), 02.816.6471(팩스) | **영업부** 02.828.8986(전화), 02.828.8890(팩스)
홈페이지 www.haksanpub.co.kr | **등록** 1995년 7월 1일 | **등록번호** 제3-632호

ISBN 979-11-348-5282-5 04830
ISBN 979-11-348-5068-5 (세트)

값 7,000원